追加DLC
No.1

「天道花憐」
Karen Tendo
奇幻套裝
下載包

1

GAMERS
電玩咖！

DLC

U0075186

Kadokawa Fantastic Novels

「告訴你們……人家可沒有那麼落魄喔，唱個歌還要拗朋友請客～」
亞玖璃
Aguri
放學後同好會沒有活動時會去唱歌的辣妹型女主角。

「穿和服的天道花憐如何呢？」

星之守千秋
Chiaki Hoshinomori
放學後同好會沒有活動時會到圖書館的落單型女主角。
「有些日子，我也會去取材還有調查！」
塩麹の歴史

PERFEC
「忙什麼……
抽暇『狩獵』啊。」
天道花憐
Karen Tendo
放學後沒有社團活動時會到遊樂場的第一女主角。

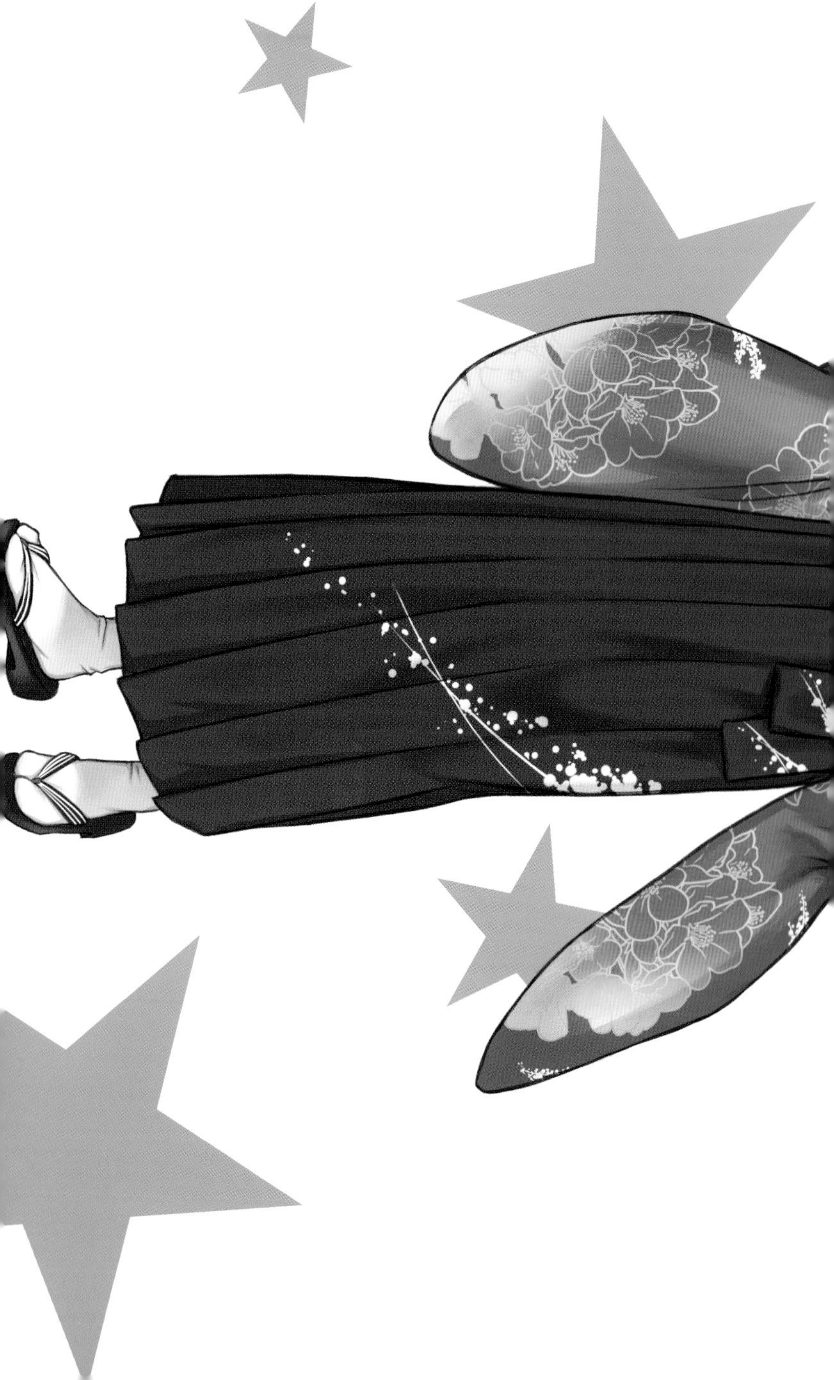

GAMERS 電玩咖！ DLC

1

Sekina Aoi

葵せきな

Kadokawa Fantastic Novels

彩頁、內文插畫／仙人掌

GAMERS
電玩咖！
DLC

START

GAMERS

電 玩 咖 !

DLC

STAGE 1

「不，我覺得那確實跟亞玖璃同學剛才的發言很接近！假如在電玩咖的網聚拋出那種炸彈，震撼程度足以在三十分鐘後爆發鬥毆喔！」

※這篇故事是在《GAMERS電玩咖！》正篇第五集左右，電玩同好會「一片和諧」時的日常剪影。

「提到電玩，應該是以前的比較好玩吧？」

亞玖璃同學今天還是用駝背的姿勢玩著智慧型手機，一邊懶洋洋地提出對電玩的疑問。

對電玩依舊沒神經的辣妹型女生說了這麼一句話……使得我們三個——雨野景太、天道花憐、星之守千秋跟往常一樣，默默做出頓住的反應。

於是，平時在普通人與電玩咖之間擔任溝通橋梁的現充——上原祐同學就「好啦好啦」地開口安撫：

「你們也曉得亞玖璃沒有惡意吧？冷靜點啦。」

他陪笑臉。然而，我還是帶著不爽的表情回話：

「假如你以為只要沒惡意，一切事情都可以被原諒，那就大錯特錯了，上原同學。比方說……有人一時興起按了核彈發射鈕引發末日之戰，你會因為當中沒有惡意就原諒他嗎？」

「這比喻太誇張了吧！」

上原同學對我吐槽。不過難得的是，平常跟我水火不容的千秋在這時候幫我說話了。

「不，我覺得那確實跟亞玖璃同學剛才的發言很接近！假如在電玩咖的網聚拋出那種炸彈，震撼程度足以在三十分鐘後爆發鬥毆喔！」

「電玩咖的雷點未免太容易炸開了吧！喂，妳也說句公道話啦，天道！」

「我明白了。那麼，亞玖璃同學，請妳過來這裡咬緊牙關。」

「最容易炸開的居然是妳！別因為這樣就賞人耳光啦！」

上原同學終於起身過來制止，我們只好不甘不願地將表露到一半的憤怒打住。

……始終對我們這種調調顯得不敢領教的亞玖璃同學便停止用手機，並朝我們坐正。

「呃……總覺得，好像該說聲抱歉。跟祐說的一樣，人家是真的沒有惡意……」

聽到她賠罪，我們幾個也就多少得到平復了。接著我們這三個人也簡單道了歉，然後亞玖璃同學才戰戰兢兢地重新說：

「不過……你們想想嘛，在網路或其他地方常常會看到啊，感慨『以前比較好～～』的報導。雖然任何領域都會有，但是印象中在電玩界聽見這種聲音的機會特別多。這、這終究是人家個人感覺到的啦……」

亞玖璃同學膽顫心驚地發言。面對她那副模樣，我嘆了一口氣，然後心有不甘地決定認同她的意見。

「哎……或許是呢。在電影或綜藝界也是到處可見『以前比較好』的論調，不過這類話題在電玩界確實可說有較常出現的傾向吧。」

千秋聽了我說的話，也表示贊同。

「對啊對啊。或許是因為這個業界有經年累月延續到現在的系列作，老作品更會不時推出重製版本，技術又時時刻刻在進化。」

她所說的這些讓不解的亞玖璃同學「哎呀？」地偏過頭。

「既然這樣，基本上電玩不就是時時在改良嗎？跟電腦那些的一樣啊。既然時代進步了，呃～畫面之類也會跟著變漂亮吧？」

她這番話聽在我們這些「有在玩的人」耳裡……

「「………………唉。」」

包含上原同學在內，這次我們有四個人沉沉發出了嘆息。

亞玖璃同學提出強烈抗議。

「幹嘛一副『這傢伙不懂啦』的感覺！人家有說錯什麼嗎！」

「不……『畫面』變漂亮這樣的表達方式……雖然用詞相當蠢，但也沒有說錯什麼喔。話說回來，畫面……畫面是嗎？」

「好，雨雨，你咬緊牙關。」

「從開始討論才過五分鐘就出現兩次『咬緊牙關』的發言，這個同好會殺氣太重了吧。

哎，不過……對不起，我剛才那樣給人的感覺確實不好。亞玖璃同學，正如妳所說，電玩在技術方面有大幅進度是事實。有的進步在圖像，有的進步在讀取時間，有的則是在對應網路連線……」

「對吧？呃……既然如此，果然是現在的遊戲才棒嘛，喜歡講『以前比較好』的那一派人，就只是一群將回憶美化的御宅族，人家這樣解讀ＯＫ嗎？」

「「…………唉。」」

「拜託你們不要冒出那麼露骨的『無奈感』好不好！是你們自己說不懂電玩也可以加入電玩同好會的吧！」

亞玖璃同學所說的話，讓身為她男友的上原同學無奈地回應：

「確實是這樣沒錯……不過，該怎麼說呢？妳今天的發言對有在玩的人來說，每一句都會讓人『哼』出聲音。」

「什麼意思？」

「呃……這樣說好了。比如妳喜歡家庭餐廳，對吧？然後呢，平時不去家庭餐廳的人要是在閒聊時隨口講到『與其吃家庭餐廳，不如去更好吃的店』，妳會怎麼想？」

「……哼！」

「就是這麼回事。」

亞玖璃同學對上原同學的說明應了聲「原來如此」表示理解。不愧是情侶，表達方式很有技巧。但是好像還無法讓亞玖璃同學完全信服，她繼續提出疑問：

「嗯～～可是那跟飯菜不太一樣，實際上現在的電玩比以前好的部分就是比較多嘛。即使如此，還是以前的比較好玩嗎？」

聽了這番話，我連忙回答「不是不是」予以否定。

「其實，我們並沒有斷言『老遊戲比較好玩』。話雖如此，也不代表『現在的遊戲整體來講都優於過去』。就跟家庭餐廳與飯館的關係一樣，並沒有誰優於誰。」

「喔，原來如此。換句話說……就跟『香〇山巧克力』、『竹〇村巧克力』一樣嘍！」

「「不，要選的話當然是選『香〇山巧克力』。」」「「不，要選的話當然是選『竹〇村巧克力』。」」

四個人的聲音略分先後地重疊在一起。順帶一提，天道同學和上原同學是「菇派」，我和千秋屬於「筍派」。

「「……………」」

火花頓時在我們之間迸發四散。然後……亞玖璃同學感到傻眼。

「……總之，關於剛才那一點，人家也有感受到自己給爭執添了火種，抱歉喔。」

藉著她這句話，我們幾個暫時休戰……雖然說，絕對是竹〇村比較好吃！這我可沒打算讓步！哎呀，天道同學在瞪我。唔……即使要跟天道同學爭，唯有這件事我絕不讓步……！

「咳！」

千秋清了清嗓。她繼續說「不過確實也是……」將話題帶回去。

「這項爭議一直都存在呢，關於以前比較好的問題。」

「實際上，老遊戲就是好玩嘛。」

上原同學這麼說，我有些訝異地看了他。

「咦，上原同學屬於懷舊派啊？」

「要分的話可以算吧？單純因為我以前遊戲玩得比較多也是一大原因。」

對此天道同學也表示同意。

「我也這麼認為。儘管我承認線上對戰的環境比以前好得多，不過出於單純的明快競爭性，還有追求高分的醍醐味，感覺還是以往的那些作品高出一籌。」

聽了他們兩個的意見，我一面點頭附和「原來是這樣……」一面又回嘴：

「以我來說，將些許彆扭的觀感考慮進去，大概算現代派吧。就是因為強調老遊戲比較好的聲音大，我才更覺得：『不不不，現在的遊戲也不會輸啊！』」

而意想不到的是，跟我互為死對頭的千秋強烈贊同我的意見。

「啊，對對對！景太，我也跟你一樣！應該說，我會希望自己能客觀地認知到回憶所加的印象分數！」

「沒錯沒錯！就是這樣，千秋！」

我和千秋兩個人就這麼興高采烈地談了起來——於是，上原同學和天道同學明顯壞了心情似的反駁我們：

「不、不對吧，即使扣掉回憶所加的印象分數，名作依舊是名作。目前那些爛大街的遊戲會比不過，說來也是理所當然……」

「就、就是啊。跟現在那些裝飾過度的遊戲一比，以往既單純又創新的名作才叫高明，這是顯而易見的事實……」

「「啊？」」

「「啊？」」

肅殺的氣氛頓時瀰漫於電玩同好會。亞玖璃同學吞了吞口水。

「那個……各、各位同學？人、人家在想，這個話題是不是可以停了呢……」

她說的話卻完全遭到忽視——我們兩派點燃了戰火。

首先是我帶著苦笑提醒他們兩人：

「不不不，天道同學、上原同學，你們要冷靜一點來看待現實。過去的名作確實厲害，但是基本上『承襲了那些作品』的現代遊戲也是很有趣的，你們得承認才行。」

然而，天道同學「哈」地對我說的話回以乾笑。

「承襲名作研發出來的東西就必定能超越名作嗎？你的意見會不會太淺薄了呢，雨野同學？」

「雖然不至於大幅超越第一部作品，往往還是會改良一些小地方啊……」

我打了圓場，天道同學卻語帶嘆息地道出她對續作的負面意見。

「『亂糟糟的新增要素』、『砍掉第一作用過的王道橋段，追求新奇過了頭，導致完全無法引起共鳴的故事情節』、『狂賣噱錢的下載包不手軟』、『半吊子的3D化』。」

「──唔唔！」

我跟千秋受到嚴重傷害！我們不由得捂著胸口發出呻吟。天道同學還打算繼續說下去。

「啊，順帶一提，我個人認為這種傾向在『以ACT戰鬥為賣點的RPG系列』出現得特別多，如果要列舉具體的作品名稱──」

「「別這樣。」」

不只我跟千秋，連上原同學都一臉認真地開口制止。

天道同學有一瞬間歪過頭。「哎，也罷。」卻還是繼續說：

「總之，有的遊戲正是承襲了過去的名作才變差，有的則是只顧發展技術而讓可玩性低落，這就是我要談的。換句話說……如果兩派要分出高下，還是『老遊戲比較好派』更勝一籌！」

「「唔，嗚嗚……」」

我和千秋的臉繃得越來越緊。相對地，天道同學和上原同學臉上開始浮現充滿自信的笑容。還有……亞玖璃同學玩起手機了。

當我被完全擊潰時，千秋卻怯生生地代我提出反駁。

「……懷、懷舊派的兩位，你們用這種方式來辯，會不會狡猾了點？」

「這話怎麼說呢？」

天道同學抖了抖眉毛。千秋則是低著頭繼續說：

「的、的確，過去的遊戲有許多名作，因此，有的系列在目前『向下沉淪』也是事實。不過……」

千秋說到這裡便奮然抬起臉，高聲提出她自己的主張。

「在那背後，遼闊的歷史荒漠裡已經堆積了多到不行的爛作品，同樣也是事實吧！」

「「唔啊！」」

這次換天道同學和上原同學捂胸了。千秋又繼續說：

「在以前不就發生過用現代基準無法想像的爛作品災情嗎！你們想嘛！這年頭就算用免費手遊的形式推出都會被批評得慘兮兮的遊戲，也曾經賣到八千多圓，讓純真小朋友度過了地雷一炸就傷亡慘重的時代啊！」

「「唔、唔唔……」」

「要回憶以前玩過的遊戲，往往都只會回想那些有趣的體驗嘛！可是，我覺得你們也一樣要回想『遊戲怎麼會做成那樣呢……』的體驗才對！別光是拿超任時代的E〇IX或史〇威爾作品的美好回憶出來講好嗎！請回想看看！亂找藝人聯名合作的那些爛遊戲！還有採用知名漫畫家當人設的奇特作品！」

「「唔啊啊啊啊啊啊啊啊！」」

到最後，天道同學和上原同學的陣營就抱著頭掙扎起來。至於我跟千秋，則是一臉滿足地向彼此舉手擊掌……我稍微對妳刮目相看了耶，千秋！

——就這樣，後來我們仍持續展開有進也有退的電玩爭論。

要嘛說：「老遊戲有『靈魂』。」要嘛說：「既然當下連老遊戲都可以玩到，可以說『現今』永遠都是電玩全盛期。」要嘛說：「不，就是有那個年代才能享受到的遊玩體驗喲。」要嘛說：「目前的時代也一樣有啊！」

總之，爭也爭不出答案，但正是因為這樣才爭得熱烈。

於是在現場熱情達到最高潮的時候……

「對了——」突然插嘴的亞玖璃同學抬起頭，然後又一副超輕鬆的樣子朝我們扔了震撼彈。

「話說提到電玩主機，任○堂出的最好玩對不對？」

「「…………」」

我們頓時停下對電玩的懷舊爭論，沉默不語。當亞玖璃同學愣在那裡時……我們幾個就一起聳了聳肩嘀咕：

「「……圈外人就是這樣……」」

「所以你們那是什麼態度嘛！今天電玩同好會給人的感覺超差的耶！」

亞玖璃同學把手機擱到桌上，認真地發起脾氣。我無奈地嘆了氣，然後重新面對她。

「亞玖璃同學……誰教今天的妳對電玩同好會來說，簡直跟約翰·保羅有得比！」

「人家實在沒有想過自己居然會被比喻成伊藤計劃所著《虐殺器官》書中，拚命在各地引發內戰的那個反派耶！」

「我也實在沒有想到辣妹能正確掌握約翰・保羅的出處來回嘴！」

某種意義上算是今年排第一的意外性了。不過這位辣妹上高中以前，似乎都一個人默默在讀書……她在某些奇奇怪怪的地方依舊跟我合得來。

於是，當我們兩個因為共通的知識而莫名露出賊笑時，就被旁人用眼神質疑。亞玖璃同學咳了一聲清嗓並重啟話題。

「說、說起來，你們是在不滿意什麼嘛？提起電玩就會想到瑪〇歐，提起〇莉歐就會想到〇天堂對吧？換句話說，任天〇不就是電玩界第一嗎？」

「「有夠嶄新的邏輯！」」

電玩咖反而提不出這種論述方式。包含上原同學在內，所有電玩同好會成員都搖起頭。

於是，亞玖璃同學又隨手添了火種。

「要不然，人家再猜別的嘛。是ＰＳ吧，ＰＳ最好玩對不對？」

「「算我們怕了妳了。」」

討論了一大圈的電玩同好會開始瑟瑟發抖。這個辣妹是怎樣？她真的要當電玩業界的約翰・保羅？搞這些都是無意識的嗎？

天道同學似乎看不下去，就豎起手指說「聽好了」向辣妹解釋起來。

「那跟剛才爭論『過去與現在哪邊比較好』一樣，尤其遊戲主機孰強孰弱之爭，在網路上更是被當成敏感至極的話題。」

「哦，是這樣啊……那麼，結果哪台主機才是第一呢？」

「妳完全沒聽懂我的意思！重點並不在於誰第一！」

「咦～幹嘛把結論弄得像大家都是第一名的寬裕世代運動會，沒意思～～」

「何、何必說成沒意思……呃～～……亞玖璃同學，不然我反過來請教喜歡家庭餐廳的妳……」

「要問什麼呢？」

「——『提到家庭餐廳，最好的連鎖店是哪一家？』」

這個問題一說出口，喜歡家庭餐廳的亞玖璃同學就憤而起身！

「『最好』是什麼意思啦，說清楚！人家回答不了那麼籠統的問題喔！所有家庭餐廳都具備不一樣的特色啊！每間都不同，每間都很好！」

「就是這麼回事！」

「啊啊！」

亞玖璃同學頓時就心服口服了……天道同學也真夠厲害的。

她坐回座位以後又說：

「不然，我將問題改成問卷的形式重問好嗎？呃～從個人觀點來看，大家目前評價最高的電玩主機是哪一款？這樣問就行了吧？」

「「嗯，無妨。」」

「唔哇～這群態度亂高傲的電玩宅好令人不爽～……」

儘管亞玖璃同學好像一下子就後悔發問，我們也都沒有聽進去。

所有人各自默默思考了十秒鐘左右，然後看彼此似乎都有了答案……這個感情和睦的團體在意見上應該大多一致——懷著這種念頭的我們便齊聲回答：

「任天堂〇DS。」「Xbox〇ne。」「P〇VITA。」「智慧型手機。」

…………

「「……啥？」」

四個人之間頓時又迸出火花。同時，亞玖璃同學似乎有所警覺，就說了聲「大家辛苦了～」脫離我們的對話。

然而，我們幾個電玩咖已經沒空理她了。

首先是我露出微笑……先下手為強。

「不不不，你們別這樣好不好？感覺像是先講個偏門的主機才內行。正常來想，該怎麼說好呢……『一般』都會覺得回答3DS最妥當嘛。」

可是，天道同學搶先衝著我開口：

「我對你好失望，雨野同學。虧你這樣還敢自稱我的男朋友。」

「呃，我不太會對外自稱『本人就是天道同學的男朋友！』耶……」

「……那、那你可以有自信地多跟別人提起喔，因、因為你是令我驕傲的男朋友……」

「……我、我明白了。呃……我、我就是……天道同學的男朋友！沒錯！」

「雨野同學……」

「天道同學……」

我倆紅著臉望著彼此。上原同學和千秋頓時插話：「「什麼跟什麼啊！」」吐槽我們。

我們兩個清了清嗓，並且重啟戰端。

「即使如此，我還是對你好失望，雨野同學。雖然以異性而言，我打從心裡愛你。」

「那是我要說的台詞，天道同學。會挑『Xbox〇ne』……這種一聽就像以硬派玩家自居的主機……雖然包含這部分在內，我就是愛妳。」

「真是的，你依然令我煩躁，雨野同學。我真的好愛你這一點。」

「妳才是呢，對於休閒玩家的理解永遠不會超越一定的界線。我也好喜歡妳這種貫徹自我的部分。」

「『哪門子的嶄新口角！』」

一回神就遭到另外三個人猛力吐槽……儘管我和天道同學不太明白為什麼會被責怪，也只能省略示愛的表現……然後將上原同學及千秋都拉進議題裡，重新開始討論。

「要不然，千秋推薦PSV的理由是什麼？感覺有點意外耶。要挑掌機，妳給人的印象倒比較像3DS玩家……」

我提出的疑問讓千秋無奈地晃了晃海帶頭。

「景太，我對你好失望。虧你這樣還敢自稱是我的天敵。」

「呃，千秋，我即使不自稱妳的天敵也無所謂啦……」

我一回話，千秋頓時就莫名其妙地含淚追問我：

「為什麼嘛，為什麼嘛！照流程來說，應該要跟天道同學那段一樣，由你多哀求我幾句，表現得傲嬌一點才對啊！」

「不、不是啦，在女朋友面前也就罷了，我為什麼要對天敵做出傲嬌的反應……？」

「景太……你、你會想當在我心裡有特別地位的天敵吧！會吧！」

「咦咦……？噢……嗯，對啦，我想……應該會吧？」

不知道在拚命訴求什麼的海帶頭令人由衷同情，我只好如此回應。於是，千秋頓時挺起胸，從鼻腔大大地哼了一口氣。

「真是的，拿你沒辦法耶，景太！哎，雖然從你推薦３ＤＳ這一點來看，就知道你還不成氣候！這樣居然還敢自稱我的天敵，太可笑了～～！」

「我一點也不懂海帶頭小姐想表達什麼耶。」

這個人是怎樣？情緒不穩？還有天道同學為什麼瞪了我跟千秋幾眼？還有還有，為什麼上原同學和亞玖璃同學要露出極度噁心的笑容？我真的不懂同好會成員的情緒怎麼會轉變成現在這樣。因為我本來是落單族才不懂嗎？是我察言觀色的技術不夠？

當我獨自陷入疑問的漩渦時，千秋又繼續說：

「因為因為，以掌機來說，目前的ＰＳＶ不是『剛剛好』嗎？要提性能方面也好，影像方面也好，上市的軟體也好。何況我又沒特別重視立體視覺效果，ＰＳＶ就是唯一選擇！」

「該怎麼說呢……好、好普通的理由喔。」

「普、普通有什麼不好！我才不想被同樣具普通屬性的人這麼說！」

雖然千秋氣呼呼的，不過實際上正因為是普通的意見，也就能得到普通的理解，對此也沒什麼好反駁。

我只好換下一個話題。

「退一百步來說，千秋的選擇是可以啦……問題在上原同學。講智慧型手機是怎樣？被問到喜歡的電玩主機時，你卻回答手機。上原同學，你是被問到喜歡什麼動物時，會脫口講出『人類～』的搞怪小朋友嗎？是這樣嗎？」

「什、什麼口氣嘛！喜歡手機又沒有什麼不好！你跟星之守還不是超愛玩手遊！」

「話是這樣說沒錯……」

的確，我用智慧型手機玩遊戲的時間也很多，所以我完全沒有不把手遊當遊戲的觀念。

可是……

這一次，換成天道同學替我向上原同學抱怨。

「不過被問到『喜歡的遊戲主機』時就回答智慧型手機，與其說有些玩弄話術，會讓人覺得嘴硬也是事實啊。」

她說的話終於讓上原同學起身抗議。

「怎樣啦！你們全都一個鼻孔出氣！把我講得像在陶醉『自己有脾氣好帥』的自戀狂一樣！」

「「…………」」

「那是什麼眼神！欸，搞什麼，難道我真的被人認為有那種調調嗎！」

上原同學一臉寒心，我就對他回以苦笑。

「的確……上原同學，你還突然用伊索寓言比喻過自己……」

「別、別說了啦！還有，不是你們想的那樣！我是真的對智慧型手機給予肯定！畢竟過去的ＲＰＧ重製版在最近都有提供下載，價錢還比買軟體便宜許多耶。而且畫質滿高的，操作性也不錯，更重要的是方便。要講的話，手機其實已經超越那些看來看去都差不多的遊戲主機了吧。」

「──……也是……」

手機在遊戲軟體方面的進化確實有令人驚豔之處，從這層意義來說，我當然也認同手機可以算優秀的遊戲主機……可是……

當我們幾個把想法悶在心裡時，依舊亂敏銳的亞玖璃同學就嘀咕了一句。

「總覺得祐所說的，就好比拿了『最喜歡哪間家庭餐廳？』的問卷，卻硬要寫『因為可以吃到很多種菜色，所以比較喜歡逛美食街』……是不是類似這種感覺？」

「──就是這樣！──」

「唔唔！」

上原同學發出悶哼，我們則對出色的比喻感到佩服。亞玖璃同學這個人明明什麼都不懂……講出來的話卻依然能直指核心耶。

當她又轉回去玩手機時，天道同學就代替無言以對的上原同學說：

「說起來，為什麼大家要這麼注重攜帶性？單純以『高品質遊玩體驗』的角度來講，家用主機是唯一選擇吧？」

她這句話卻讓千秋提出反駁。

「可是可是，如果要這麼說，不就變成買電腦最好，不，買整台街機來玩最好嗎？」

「以常識來想，應該可以將範圍縮小到『家用電玩主機』這樣的格局吧。然後我還是會推薦Xbox〇ne。」

天道同學強調「常識」的發言，讓上原同學在無形中受到了打擊而呻吟。講話沒有惡意卻帶刺……天道同學不時會這樣耶……

千秋大概是被天道同學那種態度激起了競爭意識，就繼續跟她爭。

「要、要談遊玩體驗，大家一起帶掌機合力過關，不就是家用主機沒有的醍醐味嗎！」

千秋的反駁有道理，受感動的我也忍不住幫腔：「這倒是，或許正如千秋所說耶。」

下個瞬間，顯得有些惱怒的天道同學就帶著笑容講出狠話。

「哎呀，可是那樣的魅力，跟各位落單族有關係嗎？」

「「唔哇！」」

我跟千秋做出吐血的動作！精神傷害絕大！天道同學又繼續說：

「以這一點來說，家用主機只要透過網路就可以跟陌生人鬧哄哄地同樂，不會有怕生的問題。」

「掌、掌機也有網路連線功能啊……」

我畏畏縮縮地反駁。但是，這樣的論點也立刻被天道同學駁倒。

「是啊。不過要說的話，家用主機玩起來比較順暢吧？」

「唔……」

「何況更重要的是，以你們兩位的情況來說……」

「「怎、怎麼樣……」」

我跟千秋料到會有強大攻勢而發抖。

天道同學則是毫不遲疑……還帶著笑容道出那殘酷的真相。

「結果你們的掌機也沒有隨身攜帶，大多都在家裡玩，不是嗎？」

「「呀啊啊啊啊啊啊啊啊啊啊啊啊啊啊啊啊啊啊啊啊！」」

點破這件事對繭居族來說太狠了！對啦！要說的話，掌機在下課時間或出外移動時多少會玩到，但基本上有九成的時間都在家裡玩！可是那又錯在哪裡！有什麼關係嘛！

……懷著如此想法的我跟千秋含淚瞪向天道同學。

天道同學大概是受了些許罪惡感所迫，就「唔！」地繃著臉轉開目光。

「反、反正我也不是跟掌機有仇，只要遊戲主機王者的稱號能由家用主機拿下就好。呵呵呵……」

天道同學看似有些得意；我、千秋、上原同學則是握拳覺得不甘。

就在這個時候……亞玖璃同學依舊淡然地糾正了一句。

「呃，可是，人家根本就沒有問遊戲主機的王者是誰耶……」

「咦？」

「要進一步說的話，從剛才聽到的來想，人家對電玩不熟，大致上就會覺得自己男朋友推薦的手機最適合拿來玩遊戲。」

「「咦～～」」「亞玖璃～～！」

露骨地表露出不滿的三名電玩咖，以及有女友幫忙說話而感激落淚的一名男友。

……討論的內容到最後成了一盤散沙，天道同學便重新帶話題。

「不過說起來，基本上依我的性子，在網路上遇到像這種關於電玩的爭論都會覺得『真虧這些人有力氣吵』而冷眼旁觀……然而今天一回神就發現自己忍不住動怒了。」

對此，千秋也附和：

「就是啊就是啊！其實我也喜歡老遊戲，對家用主機也很有好感……可是，一回神就發現自己比意料中還要偏向另一邊。」

對於她們的意見，我和上原同學也都表示贊同。

「的確。原本我對掌機的偏心程度差不多是6：4，一回神才發現自己講話的立場似乎變成10：0了。」

「哎，不只電玩，這種情況在吵架時隨處可見啦。跟蹺蹺板一樣，倒向某一邊以後就很難停住，更不會翻盤。」

上原同學如此做出總結以後，辣妹少女就無奈地聳了聳肩。

「真是的，電玩阿宅就是這樣才討厭。」

「「閉嘴，妳這幕後黑手。」」

所有人怪罪的視線讓亞玖璃同學氣得回嘴：「什麼嘛！」……呃，亞玖璃同學，或許妳沒有自覺，但是視情況而定，妳那種特質幾乎可以當作最終首領的屬性喔。說真的，幸好只是讓電玩咖起了口角而已。

這時候，上原同學忽然仰望教室的時鐘。我們也跟著確認就發現時間差不多了。

「那今天大概就聊到這裡吧？」

「「大家辛苦了～～」」

如此溫和的解散口令後，我們各自開始準備回家。由於是同好會，在這方面就沒有什麼硬性規定。以總結的意義來說……是不是該讓所有成員齊呼「本日的電玩討論，結束☆」才對呢？那我可敬謝不敏，但我其實想看天道同學害羞地擺出怪姿勢的那一幕。應該說，我超想看的。

當我想著這些沒營養的念頭時，天道同學就一邊將包包拎上肩一邊找我講話。

「雨野同學，那你今天接下來有什麼打算？」

「啊，有的，我想在回家路上籌劃要怎麼讓妳蒙羞。」

「哎呀，我這位男友剛才隨口說了些什麼？」

糟糕。我連忙收回前言，然後重新回答：

「我打算回家……一路上什麼都不想。真的。」

「很久沒聽到這麼令人無法信任的證詞了……唉，也罷。呃，你要不要跟我一起到電玩社露個臉呢？」

「啊，到電玩社嗎……」

電玩社跟我們的電玩同好會不一樣，是認真在切磋電玩技術的正式社團活動，由天道同學擔任社長。透過這層關係，我也去過幾次電玩社，然而他們的社團在風格上跟我這種休閒玩家有微妙的距離感……

「不，我還是別去了。照今天這樣，總覺得又會沒頭沒腦地跟電玩社起爭執……」

「對喔，你說的確實也有道理。」

天道同學苦笑。這時候，先收拾完的上原同學和亞玖璃同學兩個人要結伴離開教室了。互相道別後，天道同學的視線就轉到似乎在包包裡翻東西的千秋那邊。

「啊，星之守同學，偶爾要不要跟我一起去電玩社呢？」

「咦？」

太意外的邀約，我也稍微嚇到了，但千秋當然是慌慌忙忙地拒絕。

「不、不用不用，非常感謝妳邀我，不過我怕干擾到社團的氣氛，那個那個，原本電玩社的門檻對我來說就非常高……！」

「呵呵，妳說話還是這麼像雨野同學呢。真遺憾，我又被甩了。」

天道同學對於遭到拒絕這件事，看起來並沒有特別介意，還微微笑了笑。於是不知道為什麼，連我都跟著千秋一起安心地捂了胸口。

我們三個就這樣結伴離開教室，走在走廊上……不期然地，難得就我們三個湊在一起。而且我莫名其妙站中間，與其說左擁右抱……這畫面更像左有天使、右有惡魔。被心愛的女友跟只會互罵的天敵夾在中間走路……這下我該抱持什麼樣的心態啊？

當我一個人感到莫名緊張時，天道同學開口了。

「……兩位同學，今天真是對不起。」

「「咦？」」

天道同學突然賠罪，使得我跟千秋都由衷不解地歪過頭。天道同學看我們這樣，便露出苦笑繼續說：

「討論變熱烈以後，我覺得自己脫口講出來的都是些傷人的話。」

「「……啊。」」

看來她似乎在介意遊戲主機爭論時的落單族發言。我跟千秋立刻予以否定。

「不不不，如果要提這些，我們也一樣講了許多不好聽的話，應該算彼此彼此吧。」

「是啊是啊！景太說得對，天道同學！剛才那樣，比我跟景太撕破臉鬥嘴好太多了！」

「感謝你們願意這麼說。」

天道同學說著便露出微笑，接著就疲倦似的嘆氣。

「但我剛才也提過，講話那麼傷人還是不行的。一旦關係到自己喜歡的事物，我總會動怒……」

對此千秋也表示同意。

「對呀。正因為放了不少感情在裡面，難免就想爭到贏。」

「就是啊……哎呀，我要到電玩社，先在這裡說再見嘍。」

來到校舍玄關前，天道同學便停下腳步。於是我們簡單道別後，大概是想在最後留下和好的證明，她朝千秋伸出右手要求握手。儘管千秋害羞似的臉紅，還是用雙手緊緊回握她的手並且甩來甩去。真是溫馨的一幕。看到這兩人相處融洽，我也真的感到莫名安心——

「那麼那麼，天道同學！社團活動要加油喔！接下來，我會跟景太兩個人一起回家！就這樣了！」

「…………嗯？」

天道同學的臉頓時帶著笑容僵住了……？奇怪，怎麼回事啊？我也不算多遲鈍，身為天道同學的男朋友，我知道她似乎不愉快……卻看不出原因在哪裡。

然而，她們兩個無視我的疑問，還笑咪咪地握著手繼續對話。

「星、星之守同學？我記得妳家的方向……跟雨野同學家不一樣吧？」

「啊，是的！不過不過，今天『我們兩個』『想一起』『順便去電玩店逛逛』再回家！啊，這只是行程碰巧撞上啦！」

千秋別無惡意地這麼告訴她。雖然千秋只是在陳述事實……我個人無法理解的是，她跟天敵一同行動還顯得格外高興這一點。

當我對這段互動瀰漫的險惡氣氛摸不著頭緒而呆住時，天道同學的臉就繃得更緊了。

「是、是嗎……這樣啊。既、既然兩位要去電玩店的行程碰巧撞上，會一起去也是很自然的事，沒辦法嘍……或許吧。」

「是的！就是這樣！『沒辦法』啦！唉，居然要跟景太一起逛，真受不了耶！……呵呵呵～～」

海帶女不知道在傻笑什麼……這傢伙是怎樣？

「（……難道說，她打算在回程把我拖進暗巷揍一頓？）」

如此一想，天敵的臉會高興成這樣也就可以理解。我推理出自己大難臨頭，便一個人瑟瑟發抖，而天道同學就帶著抽搐的臉繼續說：

「既、既然這樣……我、我也有想關注的遊戲，要說的話，我倒是不介意放掉社團活動，跟你們一起去逛……」

在天道同學這麼說出口的瞬間，這次換千秋的笑臉莫名其妙地僵住了。

「那、那樣不行！絕對不可以！向蹺掉社團活動的行為說不！」

「只、只不過是放掉社團活動而已，妳何必講得像拒絕毒品一樣……」

「不不不，參加社團活動是很重要的！沒錯，不需要多說！天道同學，妳是電玩社的社長對吧！在身為景太的女朋友之前！在身為電玩同好會一員之前！在生而為人之前！」

「呃，我會將生而為人這件事看得比社長身分重要就是了……」

天道同學被千秋激動的態度稍微嚇到了。至於我……也不得不對千秋的言行感到恐懼。

這是因為……

「（天敵會這麼拚命相勸……不會錯，她想痛扁我！這一趟會直通人少的暗巷！）」

我對自己的推理有把握。然而千秋卻好像沒有把我們兩個的反應放在眼裡，還繼續說下去。

「總之！兩個人有說有笑地到電玩店一遊這種事，交給我跟景太就行了！那不是女友要負責的差事，而是天敵該做的！」

「不，那絕對是女友的差事吧！」

口角似乎又加劇了，如今已經完全沒有我插嘴的餘地。而且……在她們吵這些的期間，我寶貴的放學時間仍然一分一秒地在流失。

我茫然望著她們倆無謂的口角片刻……然後做出極為妥當的結論。

「（好，趕快趁現在一個人回家吧，幹嘛在這裡等著被扁。）」

幸虧有長久的落單族生活經驗，我很擅於隱藏自己的動靜。

我悄悄從她們倆的口角現場離去，匆匆換好鞋，走出學校，到了通往市區的路上。

夕陽在田園景色中逐漸西下。我無心地望著恬靜的景象……同時也獨自想到，今天探討出來的結論和天道同學剛才與千秋為我而起的爭執有矛盾，忍不住就嘀咕了一句。

「奇怪？即使不是談到特別喜歡的事物，人也一樣會動怒嘛……」

……看來世上並沒有那麼單純。

我體會著人際關係的不可思議……然而下一刻，我便對電玩店滿懷期待。

在沾染夕色的路上，我跟往常一樣一個人悠閒至極地邁出步伐。

GAMERS
電玩咖！
DLC

STAGE 2

「（我得讓他，雨野景太——「渾然不覺自己正在拍實況影片，並且進行實況」！只要達成這一點，肯定能拍到既精彩又新奇的影片！）」

※這篇故事是主角從彆扭電玩咖轉職成彆扭電玩實況主的附屬任務。

✖霧夜步與青春自縛式實況遊戲

《地獄之血》全獎盃＆自縛式實況遊戲。

我準備要開始了。

大家好，我是實況主「獵虎夾」。

呃～～這系列影片的最終目標，是達成獎盃收集率１００％。另外還要收集全部的裝備品。

而且，遊戲過程中大致有三項限制。

１　禁用「豹之大劍」。

２　禁止體力配點。

３　打「泥之王亞斯特爾」禁用「梅麗妲的骨灰」（弱化道具）。

我玩的時候會禁止這些行為。至於其他瑣碎的自縛項目或限制，影片裡將附上適切的註釋。請大家多多指教。

那麼，我要開始了。

＊

開場白流暢地講完以後，我就先切掉麥克風的開關，停止錄音。接下來的遊戲片頭以及教學關卡內容，基本上在正式影片中都會刪掉。錄了也沒有意義。

「……拿罐咖啡好了。」

我側眼看著無法跳過的片頭影像，穿過以獨居大學生來說算整理得滿乾淨的套房，到靠近玄關的小廚房旁邊打開冰箱。光腳踏在地板上特別冷，讓我體認到季節正式入秋了。好想念老家裝在地板的暖氣系統。

我打開冰箱，一如往常地朝上層的咖啡庫存架伸手。

於是，指頭撲了空，我忍不住咂嘴。

「我都忘了。」

平時我都會上網買便宜的整箱微糖咖啡，但是上次訂購時碰到缺貨，我便打算之後再說……然後就拖到了現在。換句話說，家裡現在連不冰的罐裝咖啡都沒有。

「…………真是。」

我心生焦躁，便用指甲敲起冰箱的頂部。我並沒有多愛喝咖啡，也不是咖啡因中毒，只是——

「以為有的東西卻沒有。」「事情並未照著預定走。」

像這種所謂「出乎意料」的情況，我從以前就看不慣。相對地，我對於事情「照預定進展」，就會產生比別人高一倍的快感。

話雖如此，現在沒有罐裝咖啡是鐵錚錚的事實。

「……沒辦法嘍。」

我嘆了口氣，暫停實況錄影，決定去超商一趟。

從家居大學T換成貼身丹寧褲配長袖T恤，再到玄關旁的穿衣鏡整理儀容。鏡子映出的是修長的高個子、白皙肌膚、臉孔尖銳得讓人覺得有些神經質的室內系御宅族——也就是我。

老樣子，我不太能喜歡自己的樣子。偶爾被人誇獎，也老是會出現「酷」、「苗條」、「纖細」之類的字眼。說穿了就只是「看起來不健康」而已，實際上我自己也這麼認為。

我只有整理睡覺亂翹的頭髮，對六十分的外表妥協以後就把腳伸進涼鞋離開了房間。噠噠噠地走下樓梯，從公寓的玄關出門。就在這時候，我碰上了看似正好到家的友人。

她一看見我的臉，就帶著花朵綻放般的笑容問候。

「呵呵，步同學，早安。」

「啊，早安，碧。」

我一邊揉頸子一邊愛理不理地回話。我不討厭她，反而就是因為打從心裡接受對方，在應對上才這麼不加修飾。

碧對這部分也早就理解了，就沒有顯得特別介意，還一邊俐落地收起陽傘一邊問：「接下來要出門嗎？」繼續跟我對話……她還是一樣，是個跟我處於兩極的千金閨秀。

彩家碧，十九歲，跟我就讀同一所大學，同年級的鄰居——應該說，她就是隔壁房間的住戶。因為這層關係，從我考進大學約一年半以來，我們倆還算有交情。

碧輕輕地撥起栗色的鮑伯短髮問了一句：

「步同學，接下來有課嗎？」

「沒有，我今天一整天都空著。現在只是要去超商而已。」

「這樣啊…………呃，話說我接下來也都沒有安排什麼活動呢。」

「是喔。」

「對啊。」

碧笑臉迎人。我面無表情地望著她。

接著，有股莫名的沉默在我們之間擴散開來……我跟碧講話往往就會出現這種奇怪的短暫空檔。這是碧跟其他朋友講話時看不到的光景，因此問題恐怕在我這邊的溝通能力……不過該改善什麼才好，至今我仍然毫無頭緒。

我舉起手說了聲「掰」準備要走，碧便揪住我的T恤衣角。

「請等一下，步同學，那個……面對表明自己有空的可愛鄰居，步同學難道不應該說些什麼嗎？」

「咦？」

我想了想……然後拍響手掌，用自己的方式盡可能擺出笑容，並且告訴碧：

「啊，『祝週末愉快』？」

碧頓時洩氣地垂下肩膀……不行，我還是完全無法理解千金小姐要求的會話禮儀。就是因為這樣，儘管我從平日便希望「能跟碧再親近一點」，卻遲遲踏不出那一步。即使想邀她吃晚飯或者出去玩，我也怕自己會有什麼不得體的地方。

碧傻眼似的望著我，然後就無奈地低聲數落起來。

「這個人真是的……依舊對女人心毫不理解……」

看吧，這位千金小姐果然是對我的態度感到不滿。假如我擺闊邀她一起吃晚餐，誰曉得會被說成什麼樣。

為了重啟話題，我清了清嗓。

「對了，碧，我最近在找實況的搭檔。」

「咦？所謂的實況……是步同學平時都在忙的……」

「對對對。」

「就是一個人喃喃自語地玩遊戲，再自己剪輯有趣的片段，最後還要在網路上公開影片，藉此自娛的那種行為嗎？」

「雖然妳講得很那個，但是沒錯。」

「要找搭檔的話……換句話說，就是募集『願意在步同學的房間裡一起搞怪的奇特人士』嘍？」

「雖然妳講得很那個，但是沒錯。」

「步同學會特地告訴我這件事，表示……」

碧用有所期待的眼神仰望過來。我一瞬間對她的反應歪頭感到不解，但還是立刻點頭說「嗯」，並將我的要求告訴她。

「碧，有沒有什麼好的人選能介紹給我——」

「還請保重，步同學。」

碧頓時擺出高貴的笑容走掉了。她就是這樣……難以捉摸，完全掌握不到該用什麼樣的距離相處。平時對我相當和善，下一刻又會突然變冷漠……多虧如此，我就更提不起勇氣和她深交了……

「哎，開實況沒有伴還要千金小姐幫忙介紹才比較引人詬病吧。」

如此嘀咕之後，我一個人朝著超商邁出腳步。

＊

被風吹落的葉片發出沙沙聲響飄過眼前。

十月上旬的空氣變得既乾又冷，雖說衣料夠厚，只穿一件長袖T恤還是會涼。

我摩挲著上臂走路，並思考剛才跟碧提到的搭檔那件事。

「（話雖如此，事實是我巴不得現在就有個「搭檔」啊。）」

從開始投稿電玩實況影片快一年半的時間，起初我投稿影片頂多就是為了打發大學生活的閒暇時間，然而這一回神就變成我畢生的事業了。

我的影片風格，一言以蔽之就是「精緻」。

確切的電玩知識與仔細剪輯，不拉高嗓門的淡然實況解說搭配合行家喜好的遊戲選擇，加上重視畫質的作風。說得好聽是完成度高的細心實況，說難聽一點則是欠缺亮點的樸素實況。

因此，儘管我投稿影片起步得慢，不過完成度原本就高，「不快感」較少這點也發揮了功效，評價及點閱數都節節上升。於是，透過某一次在排行榜稍微探頭，我的人氣自此便加速爆發開來。

我就這麼成了有好幾部影片點閱數破百萬的人氣實況主一員。

但……話雖如此，之後我還是以「樸素」、「穩健」、「仔細」為自身信念，並且貫徹這樣的作風。

結果在人氣可比偶像的新一代實況主崛起以後，如今我的定位就落在「只有忠實粉絲會看的中堅實力派實況主」。

「（……雖然這樣也有這樣的自在啦。）」

我茫然地想事情，一邊走進便利超商，然後有眼無心地望著雜誌區。青年誌的封面上有身穿泳裝的新銳偶像們揮灑笑容。

「（實際上……我或多或少也想努力「博人氣」。）」

呃，希望大家別誤會，我並不是想當什麼偶像實況主。要說我完全沒有功名心，那就是騙人的了；而且有段時期我其實滿高興，自己這副嗓音……這副比身邊的人來得低沉，不太討自己喜歡的低沉嗓音居然意外地被捧成「帥哥聲線」，多少也讓我昏了頭。我承認有這麼一回事。

不過，父母賜予的「嗓音」再怎麼受到誇獎，我還是無法獲得充實感。倒不如說，比起我本身，我更希望跟人分享「我玩遊戲的過程」或者「我喜歡的遊戲」，從中我反而認清了這一點。

自此以後，我就更進一步地投注心血，以期製作出仔細程度更勝之前的高品質影片。然而光靠這樣，點閱數的成長到底有限。雖然說原本做這些並非為了出名，即使如此，我辛辛苦苦花工夫仔細製作的影片，那些偶像實況主只是鬧哄哄地聚在一起錄下閒聊的過程就能輕鬆超越，令我很不甘心。

既然如此，我只好也去拉攏新的觀眾。但是這樣一來，就非得端出自己過去不曾運用的要素才行。

「（這麼想的我，就在一個月前拍了「第一次玩」而非攻略或實況解說的影片……可是成果依舊不太讓人滿意。）」

我本來就不是特別會做反應的那種人，平平淡淡的講話風格才是我身為實況主的賣點。像我這樣的人無論怎麼想都不適合拍「第一次玩的影片」。儘管不合適……

「（當下我最欠缺的就是「討喜度」，這我也有自覺。）」

我明白說大話自稱高手的實況主來錄連連陣亡的影片就很有趣，可是以我的情況來說，我在事前會極為用心地準備，再加上「臨陣時都能發揮該有的實力」，因此都不會砸鍋。這是我得到稱許的部分，相反地，看起來太規律也是事實。

不過就算明白這些，我本身也無從改進。要在玩遊戲時故意陣亡，我也覺得不太對。

我買了三罐微糖的罐裝咖啡，然後就匆匆離開超商踏上歸途。我懶洋洋地走在街上，忍不住嘆氣。

「（……正因如此，我才想找個「搭檔」來彌補自己欠缺的魅力……但事情就是沒有那麼順利。）」

畢竟我對「搭檔」要求的是那樣的條件。

我在路口的紅燈停下腳步，然後回頭看向正好位於身後那一帶的冷清電玩店。我茫然地望著那裡，一邊思考「理想的搭檔」。

「（這個嘛……首先最基本的條件，是要喜歡電玩才可以。）」

我在腦海裡重新列出條件。

在眼前的電玩店門口，有個高中男生背對這裡，正在玩供人試玩的超古早橫捲軸動作遊戲。還真是品味特殊的傢伙。

我有眼無心地望著他的背影，繼續思考。

「（人氣影片中雖然也有完全零電玩素養的人拍的第一次玩的影片，但是那跟我追求的

內容差太多了。果然，最起碼必須喜歡電玩。然而……）」

於是我忍不住揉起眉心。

「（喜歡電玩的同時，技術又得爛到一定程度才可以，這就非常難找了。俗話說「好者能精」，玩電玩正是這麼一回事，基本上屬於經驗比天分更管用的範疇。喜歡電玩卻技術爛的人實在不容易遇見……）」

就在此時，眼前那個忙著試玩的高中男生迎頭撞到了動作十分單調的小兵，讓操作的角色受傷了。接著他大概是心急，又操作失誤跌到坑裡。殘機就這麼白白少掉一條命。

…………

……呃，我剛才思考到哪裡了？啊，對對對，理想的搭檔條件。

「（沒錯，還有更重要的是，做出來的反應要有趣才行。然而，其實這也不容易。畢竟我追求的「有趣」並不是噫噫哇哇地鬼吼鬼叫，該怎麼說呢，我想要的是在樸素中能惹人發笑的那種反應……在掩飾失誤時會讓人覺得有點討喜的那種傢伙……不對，要求到這樣也太奢求了啊——）」

就在此時，眼前的高中男生居然又在同一個場景犯了同樣的失誤。明明也不是多難過關的場景，他卻被無關緊要的小兵打中，然後直接跌進坑。而且沒想到這一次……

〈GAME　OVER〉

連殘機都耗盡了。何止剛玩到開頭，他在最最最開頭的關卡就死透讓遊戲結束了。

……這一幕有點令我震撼。呃，要說哪裡驚人，這個少年在操作方面明明該會的都會，即使如此，卻又不是「故意」去死，而是十分自然就玩出了ＧＡＭＥ　ＯＶＥＲ的結果。

我暫時停下思考，並不由自主地晃到他身邊。

「（面、面對這種難以置信的新鮮事，他究竟會做出什麼反應……）」

行人穿越道的燈號早就變成綠燈，但這已經無所謂了。

他到底會笑、會生氣、還是會明顯失落呢？

我吞了口水在旁邊觀望……而那個少年——

他將遊戲控制器「啪」地擱到機台上，然後拎起擺在地上的包包，還亂耍酷地一邊微笑一邊掩飾著什麼似的嘀咕：

「原來是這樣。」

「就是你啦啊啊啊啊啊啊啊啊啊啊啊啊啊啊啊啊啊啊啊啊啊！」

剎那間，從未在人生中喊得這麼大聲的我伸手指了他。

「噫！」

對方嚇得睜大眼睛轉向我這邊，是個臉孔意外稚氣，個頭嬌小，就讀音吹高中的學生。

——沒錯，就在這一刻。

我，脾氣彆扭的中堅電玩實況主，霧夜步。

和喜歡電玩又笨手笨腳的高中男生——雨野景太，發生了第一次接觸。

*

「打打、打、打擾了……」

「行了，進來吧進來吧。隨便找地方坐……不，你就坐那張矮几的前面。」

「是、是喔。」

一邊鬼鬼祟祟地四處張望一邊走進我房間的高中男生，雨野景太。我簡單整理了房間，並且默默觀察他的狀況。

「（好，終於把人帶來家裡了。接下來該怎麼做呢……）」

從我在電玩店前面遇見他，已經過了三十分鐘。至於那之後是做什麼花了三十分鐘之久……我把時間全都花在——說服他上面。

「抱歉，喝不冰的咖啡好嗎？」

「啊，不用這麼費心，我很快就告辭了……」

雨野景太依然杵在矮几前，還搖了搖頭跟我客氣。我對他微笑，並將咖啡擺到他面前。

「（要是你太快回家，那我就頭痛嘍。）」

起碼要等我拍到夠精彩的畫面再回去。

儘管他看似不自在地朝四周觀望了一陣，最後還是說聲「失禮了」，在該處所擺的小凳子坐了下來。

我在內心叫好，告訴他「稍等喔」並啟動遊戲——同時，我偷偷著手準備進行實況。

「（那麼……接下來就是重頭戲了。畢竟我得讓他，雨野景太——）」

當我開始思索時，他便坐立不安地問：

「呃，這樣真的好嗎？讓素不相識的我進你的房間試玩遊戲……」

「當、當然可以。你對《地獄之血》有興趣，對吧？務必玩玩看啊。」

「是喔……這我是很感謝啦……呃，不過，我還是覺得……」

「看、看嘛，東西都已經準備好啦！玩一下也好！來嘛！既然你也喜歡電玩，就應該懂吧？向別人推薦自己喜歡的遊戲有多麼開心！」

我說著將遊戲控制器遞給他。而他……雨野景太，至今仍顯得有些狐疑，卻在進來這個房間以後首度微微笑了笑。

「……是啊，說得也對。向人推薦喜歡的遊戲……是很讓人開心的。」
「對呀！來、來吧，要開始嘍！你務必要玩個痛快！」
「啊，好的，那就承蒙美意……」
雨野景太害羞似的笑著面向畫面。
我望著這樣的他……偷偷在旁邊用靜音滑鼠啟動電腦的錄影軟體，然後淺淺一笑。
「（我得讓他，雨野景太——「渾然不覺自己正在拍實況影片，並且進行實況」！只要達成這一點，肯定能拍到既精彩又新奇的影片！）」

＊

在電玩店前面花了長達三十分鐘來說服雨野景太的過程中，我發現他這個人玩遊戲的風格極適合當實況主，同時卻又有著極不適合當實況主的性格。
實際上，從我選上他的那段試玩過程也可以曉得，他的技術夠爛，做出的反應也得宜。從這層意義來說，他相當適合當實況主。
但在另一方面，他很容易緊張兮兮，個性又怕生內向。從為人來看，實在不可能在老實拜託「請讓我拍遊戲實況影片」以後就乖乖答應。縱使能交涉到那一步，他八成也會因為緊張而完全發揮不出本色，這是很明顯的事情。

既然如此，我在這種時候能採取的對策就只有一個。

「（我要讓他毫無自覺地進行實況！）」

過程想必不輕鬆。可是正因如此，才值得嘗試——

「那、那個～～霧夜同學？霧夜步同學？」

「欸，不要叫我的本名好不好？」

他突然拋來一句，而我則是在旁邊拉了坐墊就座並投以微笑。當電視螢幕上正在播放遊戲片頭時，他就不解似的歪過頭。

「咦，為什麼？」

「要、要說為什麼嘛……」

因為我正在拍要放到網上的實況影片……這我當然不能說。糟糕，計畫突然就快告吹了。

我拚命讓腦袋運作，然後立刻想出了藉口。

「你、你想嘛，玩遊戲時叫彼此的暱稱會比較輕鬆自在吧？」

「喔……原來如此。那我叫你『夜夜』或『步步』可以嗎？」

「我不懂為什麼在你的觀念中，取暱稱就一定要用疊字的方式。」

「對、對不起，我能參考的人生閱歷不多。呃，那我該怎麼叫比較好……」

「這個嘛……」

既然這是我錄的影片，當然得用原本的實況主名稱…………

我悄悄低下頭，嘀咕著回答：

「叫、叫我『獵虎夾』就好……」

「為什麼！」

雨野景太訝異地問我。難怪他會這樣，綽號取得未免太沒頭沒腦了。順帶一提，這個實況主名稱的由來是我在以前實況的遊戲中常踩到該類陷阱……但我現在總不能解釋這些。

當我額頭冒汗冒個不停時，他順勢問道：

「霧、霧夜同學，你的朋友都叫你『獵虎夾』嗎？」

「啊，呃，嗯……大、大概吧。」

「是出了什麼狀況才會取這種綽號！」

「……因為，我以前常常踩中『獵虎夾』？」

「怎麼會有常常踩中『獵虎夾』的學生生活！霧夜同學，你到底——」

「總、總之，至少我們倆在這裡玩遊戲的時候，你就叫我『獵虎夾』……嫌太長的話，也可以簡略成『阿虎』。」

「這、這樣啊……我明白了。那麼……請多指教，阿虎……」

「嗯，多指教。」

說到這裡，我才想起還沒幫他取實況用的名字。

他和氣地笑了笑，然後莫名認真地開始自我介紹。

「我、我叫雨野，雨野景太。在音吹高中讀二年級……」

「我說你幹嘛這麼大嘴巴，還說出個人情報！」

「對不起！雖然我完全不懂為什麼會挨罵，總之對不起！」

「真是……總之你也得取個實況——取個暱稱才可以。」

「……暱稱……啊，比如叫『雨雨』或『景景』之類呢……」

「………………嗯。那你就叫『地雷』好了。」

「地雷？咦，從哪裡冒出來的稱呼？為什麼突然就叫我『地雷』！」

雨野小弟眼裡含淚，我便淡然回答他：

「呃，你想嘛，跟『獵虎夾』一樣，都是陷阱。」

「為什麼要花心思在這上面，就為了和你有一致感！」

「畢竟我們說起來也算搭檔啊。」

「什麼搭檔！咦，我在不知不覺中被拉進搞笑團體了嗎！」

「哎呀，雖不中亦不遠矣。」

「居然不遠嗎！咦，現在是什麼情況！」

糟糕，我一得意就讓雨野小弟起了疑心。

我開口安撫他：

「開玩笑的啦，開玩笑。不過，有個『僅限此處』的暱稱，感覺不是挺讓人雀躍嗎？」

「唔………也、也對啦，我倒不是無法理解……」

雨野小弟害羞似的把臉轉過去……這個男生明明很內向，沒想到意外地好哄？

「那麼，還請你多指教嘍，地雷。」

「很抱歉，我還是超介意被人叫成地雷！」

「是喔？可是地雷這個詞已經拿不掉了耶……」

「不，拿掉吧。完全可以拿掉的吧！拘泥在這種地方，怎麼可能取像樣的暱稱——」

「不然叫你『自雷也』吧。」

「沒想到一改就帥氣得令人意外！感謝！」

雨野小弟低頭答謝。這個男生真的很好哄。我不曉得他本人是怎麼想的啦，但是那個暱稱在我心裡並非取自忍者「自來也」，而是他自身就很容易「雷到人」的意思……哎，不提也罷。

總之只要用這種方式捧他，這段影片的點閱數就穩了——

「話說霧夜——不對，阿虎。我從剛才就在好奇，我眼前這個……擺在桌上的立式收音麥克風是用來幹嘛的？」

「唔唔！」

終究被他發現了。我清了清嗓，然後辯解。

「啊，那個是我用來跟朋友通訊的啦。」

「是喔。那現在這樣會有點礙事，能不能從我面前稍微挪一——」

當他說著對麥克風伸出手的那個瞬間，我硬是抓住他的手，並且瞪他。

「那可不行！」

「咦咦！為、為什麼？照目前看來，也沒有理由非擺在這裡啊……」

「我跟過世的祖母說好的！她要我別再挪動麥克風！」

「什麼情況下的約定啊！我完全無法想像那段過程耶！」

「算我求你了！求求你，麥克風就這樣放著！」

「是、是喔……我明白了。總、總覺得，真是過意不去。」

雨野小弟有些畏懼地放開麥克風。當我們東拉西扯時，電視畫面上的遊戲片頭已經播完，切換到第一場劇情首領戰的鏡頭。身穿甲冑有如西洋騎士的玩家角色前方，遙遙可見有巨大的怪物擋住去路，靠近後就會展開戰鬥。

「…………」

雨野小弟吞了口水，開始操作自己的角色。

「…………」

首先要簡單做個確認，雨野小弟嘗試按了攻擊鈕以及移動與防禦。

「…………」

試完以後，他吐了一口氣，接著重新迎向首領……

「…………」

始終無言的他就這麼衝了上去──

「欸，講點話吧，自雷也！想讓節目出狀況嗎！」

「什麼？」

我開口吐槽，使得雨野小弟在進入首領戰的前一刻停下腳步，回頭看了過來。

我拚命提出訴求。

「你怎麼就認真試玩起遊戲了！死腦筋嗎！」

「我從出生以來第一次這麼不了解自己被吐槽了什麼！」

「講話啦！穿插一些詼諧輕鬆的談話，自雷也！」

「突然開出這種誇張的要求！欸，我辦不到啦！平常就不必說了，連初玩遊戲正在專心時都叫我講話逗樂子，我怎麼可能辦得到！」

「但你就是要克服這一點，才能在這個業界出頭！」

「現在是在講什麼業界！即、即使你這麼說，我只是來試玩的啊……」

雨野小弟搔起頭。唔……基於我聲稱要提供遊戲給人試玩的這層關係，要他提起勁講話也太苛求了。既然如此……

「我明白了。你不必發表詼諧輕鬆的談話，可是，起碼多講幾句感想好不好，自雷也？你想嘛，對於推薦喜愛遊戲的人來說，就是會好奇你有什麼反應……」

「原、原來如此，說得對。那、那或許是我思慮不周。我明白了，我會盡可能留意，要跟平常一樣做出自然的反應。」

「很好。」

呼～～這樣就暫時放心了。實際上，我對他期待的並不是耍嘴皮子的技巧，而是新奇有趣的反應。只要達成這一點，我就不會要求更多……

於是回到遊戲以後，雨野小弟又開始確認操作方式，接著就按照我的要求，老實地談起對遊戲的感想。

「總覺得，這款遊戲不只動起來比想像中生硬，實機畫面也不算多精美耶。從這些地方或多或少可以看出研發商的極限。」

「嗯，別突然就給負評好嗎！廠商會生氣啦！這樣對心臟不好！」

「咦？可是，你叫我老實說感想……」

「關於這部分……你用『大人的心態』老實說就好！」

「大人的心態！多、多麼精妙的用詞！」

「你想嘛，推薦遊戲的我被嫌棄也會覺得委屈啊！所以就這樣嘍，懂嗎？」

「也、也對。對不起，我今天緊張兮兮的，很多事情都想得不夠周到。我明白了，我、我會抱著大人的心態老實做反應！」

「好、好啦，雖然我覺得這麼大方地宣言也怪怪的……也罷。」

就這樣，雨野小弟又開始玩遊戲。

終於進入第一場首領戰的劇情。敵方怪物醒來後，巨大身軀緩緩爬起的影片隨之播出。

對此雨野小弟感動似的坦然嘀咕：

「噢噢……敵人好有重量感。在RPG被強敵的身影震撼到，實在是很棒的體驗……」

多麼適合用於實況的評語！我篤定自己選上這個男生的眼光果真沒有錯，一邊應聲：

「實際上，這個首領是很強。現階段被打中兩次就完了，輸了故事也會繼續進行下去，實質算必敗的劇情戰就是了。不過行動方式本身其實滿單調的，仔細應付還是可以無傷打贏……嗯，真的是設計得不錯的首領。」

「哦，那我也要努力試著打倒它！」

「行啊。第一次玩打贏可就厲害了。」

我如此回話以後，賊賊地笑著觀望他跟首領交手。

「（好，接下來就等著看他被打爆……麻煩做出新奇又不服輸的反應，雨野景太！）」

我用期待的眼神注視畫面。他按照常理先跟敵人保持距離，然後以首領為中心點，一面順時針繞著圈子一面觀察攻擊模式。就這樣研究一陣子以後，當敵人大幅揮空而露出破綻時，他就朝巨大身軀的腿部砍了一刀，然後逃脫。

「唔哇，根本削不掉多少體力。要更積極進攻才可以……」

雨野小弟說著也開始試著對敵人的微小破綻下刀。結果……

「好痛！」

他挨中慘痛的一擊了，主角人物的ＨＰ大幅削減。現階段沒有方式可以補血，再挨中一下就會結束。

「（那麼，差不多了吧……）」

為了迎接雨野小弟的敗北，我也在坐墊上重新坐正。至於雨野小弟，則是慎重地繼續纏

鬥，就這麼一點一滴地將敵人的體力削去，展開足足有十分鐘的長期戰。

於是，慢慢磨慢慢耗，經過極為樸素的戰鬥之後。

他終於……終於——

「『……啊。』」

——漂亮地拿下敵方首領了。

…………………

雨野小弟像是要確認「我這樣打贏了，對不對？」而朝我望過來。

而我……承受其視線於一身——

並將爆發的情緒大聲吼了出來。

「你幹嘛打贏啦！」

「咦！不、不可以打贏嗎？你不誇獎我嗎？」

「當然不行吧！你給人的形象是『最喜歡電玩卻笨手笨腳，所以才受到喜愛的純真遜砲電玩咖！』，第一次就破功是要怎麼辦啊！」

「第、第一次？我不懂你在說什麼……呃，平時我確實是笨手笨腳的……可是不知道為什麼，這次卻難得地順利過關了……」

「為什麼偏要在這次順利過關啦！你也太『沒有料』了吧！」

「奇蹟般地打贏了卻被說成『沒有料』該作何解！」

雨野小弟極為不服似的大吼。的確啦，正、正常來想，第一次玩就能打倒那個首領是應該好好誇獎……可是我對這個男生並沒有期待那樣的進展！

「（哎，不、不過藉由剪輯，還是可以呈現出有趣而熱血的場面吧……）」

我就這樣換了心情，然後重新將視線轉回遊戲畫面上。

經過短暫的劇情，遊戲來到角色塑造畫面。這也是展現實況手腕的地方，將角色捏得奇形怪狀來吸引觀眾吐槽，就可以建立受人喜愛的形象——

「呃，因為很麻煩，全部用預設的外觀就好了。」

「你這樣反而讓人覺得創新！」

玩這種可以對角色外觀做細部塑造的遊戲還完全不捏角，倒是有種物極必反的新鮮感。因為雨野小弟本人到底是把這當成「試玩」，不花心思在捏角上面也算理所當然……

用三秒鐘結束角色塑造畫面以後，正篇終於開始。沿路探索了古城一陣，便遇上最初的小兵。我朝他搭話：

「既然你能打倒剛才的首領，對付起來就輕輕鬆鬆啦。」

「是啊，再怎麼說也不會輸給這種程度的敵人……好痛！啊，這傢伙，來這套……唔哇，糟糕了，危險！好險！欸，接、接招！」

一回神，儘管他受了瀕死的嚴重傷勢，最後還是改用不光彩的打法硬拚，才勉強將一隻小兵收拾掉。

…………

……突然陷入苦戰，卻又沒有戲劇性陣亡，還一直因為單純的操作失誤受重傷。像他這樣玩遊戲最容易讓觀看方累積壓力。

我瞟了雨野小弟一眼，他就盯著畫面中的小兵屍體，耍帥地嘀咕：

「…………打成這樣還沒有解決我，敵人也沒什麼了不起的嘛。」

「太有新意了！」

我忍不住喊出聲音。討厭，這個男生是怎樣，天生輸不起嗎？搞不懂他是看不起自己還是太看得起自己，有種絕妙的噁心感。現階段我就可以預測到影片將會被「超有新意www」或者「嘴硬成這樣反而讓人覺得很積極正面www」之類的長草評語蓋滿。

就這樣，後來他玩遊戲做出的反應，從某方面來說都如我所料……同時卻也一直讓我跌破眼鏡。

順帶一提，我在雨野小弟遊玩的空檔隨口問了幾句，才知道他似乎有個亂冷漠的弟弟，而且從以前就常常看他玩遊戲，結果現在這種「嘴巴上有反應都是以輸不起的藉口為主的遊戲風格」似乎就自然而然地培養出來了。難怪從他的發言可以感覺到若干娛樂精神。

於是，大約玩了四十分鐘左右，在冒險結束一個段落後，他將遊戲控制器擺到桌上。

「呼～～謝謝你讓我試玩，阿虎。我玩得很過癮。」

「咦？是、是喔，已經玩夠了嗎？」

我一邊關掉錄音一邊問，雨野小弟就帶著燦爛笑容回話：

「是的！我玩得很痛快！再說，我也差不多該回家了。」

「啊……對喔。」

看向時鐘，早就過了傍晚六點，要留高中生下來應該挺尷尬的時間。

當他暢飲幾乎沒喝到的罐裝咖啡時，我又問道：

「呃……那個，雨野小弟。」

「？奇怪？現在不必再叫我自雷也了嗎？」

「咦？對、對啦，你想嘛……在玩遊戲時那樣叫就夠了吧？」

「喔，原來是這樣啊，我明白了。呃，霧夜同學，所以你要問什麼？」

「噢，你……今天玩得開不開心？」

面對我這微妙的問題，雨野小弟愣了一會兒，然後便帶著笑容回答：

「開心！當然了！真的謝謝你特地招待！雖然遇到怪怪的大學生第一次見面就問：『要不要來我家試玩遊戲？……嘿嘿……』起初實在很令人錯愕。」

「哈……哈哈……」

你這傢伙。

「但是實際上像這樣一起玩過以後，我覺得霧夜同學人很好，多虧如此，真的開心到連時間都忘了。」

「是嗎？那就好…………」

我一邊回應一邊揉了揉自己的脖子……接著，我又繼續說下去。

「呃……既然這樣，我問你喔，呃……下次，要不要再來我家……應該說，你要不要定期來這裡一起玩呢，雨野小弟？」

「咦？」

雨野小弟不知所措似的停下喝咖啡。

「（唔……剛、剛才邀他的方式，不自然嗎？）」

往後要繼續拍這系列的影片，無論如何都得定期找他來。然而這次是用「試玩」的名義邀請他來，因此今後還想見面的話，就非得另外約定了。

在現場被沉默支配的情況下，靜不住的我目光游移……於是雨野小弟喝完罐裝咖啡，說了聲「謝謝招待」後擱到桌上。

接著，他重新看向我這邊……露出格外溫柔的笑容。

「我了解。」

「……什麼？」

我對他莫名其妙的反應眨了眨眼。這時候，雨野小弟就自顧自地繼續認真說道：

「跟人玩遊戲、聊遊戲，是非常開心的。」

「咦？對、對啊，你、你說得對。所以說……」

「是的。對我們這種『落單族』來說，那是相當寶貴的時光。」

「……啥？」

這傢伙剛才講什麼？對我們這種，落單族？嗯……他口中的「我們」，究竟包括誰——

「我明白了，霧夜同學。雖然說，我最近在人際關係方面遇到不少狀況，但我好歹也是落單族的一分子。同樣身為落單族，我願意為你提供助力！」

「沒、沒有啦，雨野小弟？那個，我並不是落單族……」

「不要緊，請不用全部說出來，霧夜同學，我了解的。對，身為同族，我真的了解。要坦然接受這一點會很難過吧……」

「呃，都跟你說了，我真的不是落……」

解釋的話差點脫口而出，但我轉念打住了。

「（雖然被當成落單族非常不是滋味……但如果他不那麼想，還會基於同情定期來陪我玩遊戲嗎？既然這樣……）」

我用力握拳……儘管不甘心得頻頻顫抖，我還是設法裝出笑容，然後回答他：

「麻、麻煩你了，雨野小弟。假如你肯陪身為落……落單族的我玩就太令人高興了。」

「好的，我了解了！既然是這麼回事，為了身為落單族的霧夜同學著想，我會盡可能撥空出來的！畢竟我們同是落單族啊！」

混帳。

「好、好啊，謝謝你……對、對了，偶爾會來這裡陪我玩的事情，請你別跟身邊的人多提……」

假如偷錄實況影片的事情從別人口中洩漏給他知道，可就麻煩了。幸好他講過自己最近幾乎都沒在看遊戲實況的影片，剩下只需要留意他身邊的人……

於是，他帶著笑容爽快答應了。

「好的，我明白！你是落單族這件事情，我不會跟任何人講！」

「！謝、謝謝喔……」

臭傢伙。

我氣得臉頰抽搐發抖，一邊還是跟雨野小弟交換了聯絡方式。接著，雨野小弟又確認時鐘，然後就嘀咕「糟糕」，還連忙拿起包包朝玄關走了過去。

我追在他背後，他就急著將腳塞進鞋子裡，並且告訴我：

「呃，那、那麼，我在同好會沒有活動的日子，傍晚都是有空的，可以的話希望你能挑這種時候約我。」

「同好會？雖然聽了不是很懂，但我了解了。那麼，我會找時機聯絡。可以的話希望能每週見一次面，即使玩個一小時左右也好。」

以系列影片的更新頻率而言。

「我明白了！就是啊！如果一個星期都沒有跟人說一次話，會很寂寞耶！」

小心我殺了你。

儘管心裡這麼想，我還是裝成一臉笑咪咪地目送他離開。

他「叩叩」地蹬了蹬鞋子穿好以後就朝我回頭，再次對我深深低頭並且道別。

「那麼，打擾你了。今天我真的很開心。」

「是、是嗎？」

他在這方面就是個頗有規矩的傢伙……讓人適應不過來。而且我雖然不是「落單族」，但仔細一想，實際上除了住隔壁的碧以外……或許我確實幾乎都沒有跟其他人在這個房間相處過。要提到一起進行實況的交友關係，更是完完全全頭一次。

「那麼，下次再見了。」

「噢，下次見，雨野景太。」

我揮揮手目送他離開。看著門被輕輕帶上後，我獨自靠在走廊牆上，語帶嘆息地嘀咕：

「…………雖然覺得不甘心，可是，今天的遊戲玩起來確實別有樂趣……」

開始實況到現在過了一年半。或許我有好久不曾像這樣，對遊戲體驗本身感到新鮮且「有趣」。

「……雨野景太嗎……」

坦白講，我今天一直在心裡看扁他，然而，我倒不是沒有預感往後他在我心裡似乎會變得滿有分量——

〈叮咚——〉

——這時候，突然響起的門鈴讓我心臟狂跳。難道是雨野景太有東西忘了拿？我一邊開口應聲「來了～」一邊穿上涼鞋打開門。

結果，在那裡的人是……

「什麼嘛，碧，原來是妳。」

「這句應門的話真是沒禮貌，步同學。」

看似挺生氣的鄰居，彩家碧。

她用腳擋著不讓我關上家裡的門，交抱雙臂，帶著嚴厲的臉色逼問我：

「……剛才離開的是哪位？」

「咦？什麼剛才……啊，妳是指雨野景太嗎？」

「雨野景太…………原來如此，果然是就讀高中的男士啊。」

「所以怎樣啦？那又有什麼問題——」

「問題大了！」

剎那間，碧猛然往前踏出一步。我被她的氣勢嚇得往房裡退了一步，門就在碧的背後關上了……在玄關的狹窄空間裡，碧正以隨時都會讓兩個人貼在一起的距離感逼迫我。

我忍不住轉開視線，回答她：

「怎、怎樣啦，碧？先說清楚，雨野景太只是陪我進行實況的搭檔喔，之前不就跟妳說過我正在找搭檔嗎？」

「進行實況的搭檔？那就表示……之後他還會定期來這個房間，對嗎？」

「對、對啊，應該會吧。畢竟我也跟他約好了。」

「真、真受不了這個人……為什麼每次都想得那麼淺薄呢……！」

碧看似打從心裡感到傻眼地瞪向我。我難免也生氣了，就反問她：

「到底怎樣啦？碧，從剛才到現在，妳是有什麼問題想講？」

「還問有什麼問題……！聽、聽好了，步同學，我請教一件事情。那個男生……有沒有

得到好好的說明？」

「？突然提這個幹嘛？我是要跟他說明什麼？」

「就說了……」

於是，碧大大嘆了氣以後——

狠狠地再次瞪向我，然後……說出這句話。

「步同學，我在問的是……妳有沒有好好告訴他妳是『女性』這件事！」

「…………啊。」

我不禁發出呆愣的聲音。這麼說來，我是忘了提這一點。

面對我的反應，碧扶額悶哼：

「為什麼妳這個人每次都這樣……」

「怎樣啦，碧？那又不是什麼大不了的問題吧？」

「問題大了！」

碧再次扯開嗓門……我感到耳鳴。嗯～～有別於嗓音本來就低沉的我，一般年輕女性的聲音果真尖銳入耳。

「的確，妳的個子長得高，聲音又低沉，還剪短髮，長相更是帥氣得平凡男生都無法比擬，連我都老是被妳迷住。」

「說、說這些實在很令人難為情耶。」

我搔了搔頭。碧又繼續說：

「可是在此同時，以女性而言，妳那端正的臉孔也可以歸類成頂級美女！對於這部分，敢問妳有沒有自覺？」

「噢，之後我會記得傳簡訊對父母表示感謝。」

「我要談的並不是這些！換句話說，現在的狀況是……美女大學生將高中男生帶進了獨居的公寓裡！妳究竟在想什麼！」

「想什麼……我都在想實況遊戲的事情啊。」

「我看也是！像妳這樣的木頭人，八成就只會想那些！」

碧說到這裡就抱頭苦惱起來……我還是不太懂這位鄰居。

我嘆了氣告訴她：

「到底有什麼問題啦？原本我就是用男性的形象進行實況，所以雨野景太把我當成男的何止沒有大礙，對我來說反倒恰恰好。再說他的認知是那樣，也就不會發生妳戒懼的不檢點狀況，很完美吧？」

然而，碧卻由衷傻眼似的對我的說詞嘆了氣，然後一語不發地回頭打開門離開我家。

當我茫然目送她時，她準備直接關上我家的門……但在中途停住，「比方說……」還這麼對我嘀咕：

「……我說比方說喔，比方說，那個叫雨野的男生要是有交女朋友，妳打算怎麼辦？妳本身是女性，還定期把雨野小弟帶進家裡……這種事情一旦傳出去，可不是爭風吃醋就能了事的喔。」

「咦？」

碧帶著認真的眼神如此發出警語。

而我，霧夜步——

——則是哈哈大笑，完全不把那當一回事！

「喂喂喂，那個鬼鬼祟祟的落單高中生，雨野景太，有可能交女朋友嗎！彩家碧，妳當真這麼想？真受不了，千金閨秀的妄想力還真豐富。」

我給出的反應讓碧噘起嘴脣。

「……反正我是無所謂。真是的，之後無論發生什麼狀況，我都不管妳喔，步同學！」

她說著就不耐煩地用力關上我家的門，回到隔壁房間。

至於被留下來的我……則是對碧那段荒唐的警語一面苦笑一面嘀咕：

「說我將來會跟雨野景太那種男生上演爭風吃醋的戲碼，哼！怎麼可能。」

我獨自聳了聳肩。

隨後為了換上家居服，我脫掉牛仔褲和襯衫隨手亂扔，只穿著內衣褲就走回客廳。

〈距離雨野景太的交往對象踏進霧夜步的公寓——還有半年。〉

✖霧夜步與甜蜜滋味

遊戲實況主的外遇情事曝光了。

據說那名實況主居然將未成年的高中生帶進自己家裡，每晚每夜都發生猥褻的行為。

而且行為露餡的導火線還出在身邊關係人士公開的私人傳訊紀錄，情場生波莫此為甚。

網路上的批判聲自然是一發不可收拾。

亂了陣腳的實況主剛開始完全弄錯應對方式，情急之下就做出了幾近惱羞成怒的發言，導致批判聲浪越演激烈。結果便出現了明顯為過度制裁的「肉搜」行為，如今連現實生活都呈現有如地獄的樣貌——

——我，霧夜步，茫然看著內容概要大致如此的網路新聞報導，一面拿起喝慣的微糖罐裝咖啡啜飲了一小口。

「（唉～～搞成這樣，他身為實況主就很難混下去了吧。）」

罐裝咖啡的人工苦味在嘴裡逐漸擴散開來。

新聞報導中有所顧慮，並沒有點明具體的實況主姓名，然而內容說的是誰依舊一目了然。該名男子擁有連諧星都要服輸的靈活反應，以及閒聊起來不會讓觀眾生膩的出名談話功力，也就是所謂的「偶像實況主」。對方是平時就令我汗顏，人氣常在排行榜上名列前茅的實況主之一。

我捲動那則報導，將網路上有感而發的留言瀏覽過去。

〈從回訊給女方的文字就流露出這個人有多爛。〉〈實況主還不就這樣。〉〈照片看起來挺醜的不是嗎？〉〈真的假的？因為我滿喜歡他的，打擊好大。〉〈話說這個人是誰？〉〈公開私訊紀錄的女方也半斤八兩啦。〉〈信徒超噁。〉〈所有登場人物都令人噁心。〉〈這種事有必要特地刊出來嗎？〉〈從他搞什麼遊戲實況時就可想而知了。〉

一竿子打翻一船遊戲實況主，連我都有些受傷。好難過。

但即使如此，我怎麼樣就是停不下看網路反應的手。

「…………」

我十分明白這是多無謂、陰險而差勁的舉動。可說是同行或對手的存在從神壇跌落……沉迷於看相關報導還有網路對此的反應，這種行為有多蠢、多差勁、多沒品，我了然於心。

「（明明做這種事情也不會讓我的影片品質或人氣提升……說真的，有夠無聊。我在搞什麼啊？）」

這些我都懂。

明明我應該都懂的……可是，我還是停不下捲動的滑鼠……

〈叮咚——〉

門鈴突然響起，我嚇得肩膀發顫，反射性將視窗關到最小。

……內心深處縈繞著某種愧疚至極的不適感。

為了抹去心裡的疙瘩，我用比平時大的音量應門：「來了～！」然後碎步趕到玄關。

接著我開鎖，急忙將門打開，結果站在那裡的人是……

「啊，你、你好，霧夜同學。呃……我是雨野，雨野景太。那、那個，我們講好……」

「是是是，我曉得啦，你不用那麼認真，還特地自我介紹。歡迎你，雨野小弟。別客氣，進來吧進來吧。」

「啊，好的，失、失禮了。」

全身上下都僵硬得不自然的電玩宅高中男生雨野景太進到房裡。

我在客廳催他就定位，然後從冰箱拿了要給他的罐裝咖啡，說聲「拿去」就扔給他。

「哇。」

他連忙伸手要接……於是罐裝咖啡像沙包一樣在他的雙手間來來去去，最後落在自己跪坐著的大腿上。明明也不是多糗的事，他的臉卻紅了起來。

我對他依舊沒變的「本色」苦笑，並在他旁邊鋪著的坐墊坐下。往旁窺探，就發現他似乎也在看著我，視線對上了。雨野小弟尷尬似的急忙轉開視線，拉開易開環。

我忍不住嘆息，傻眼地望著他。

雨野景太，就讀音吹高中二年級的男生。而目前，他為什麼會待在身為大學生的我……霧夜步的房間裡呢？

這全是因為他現在是我的「實況搭檔」。

上上週，苦惱遊戲實況人氣難有起色的我偶然在街頭選中這個男生，就開始跟他來往了。他像這樣跑來我家，這回算第二次。然而……

「（不過，就算才見過兩次，他緊張得簡直像上次跟我的交流全被重置了耶……）」

我一面暢飲自己喝到一半的罐裝咖啡一面望著他那副模樣。緊張得渾身硬梆梆的高中男生身影近在眼前。

「（不曉得他有什麼好緊張的，假如他曉得我的真實性別，那倒難講……）」

沒錯，實際上——他對某兩項重大祕密毫不知情，就跑來我的房間玩了。

其一是自己玩遊戲的過程被我偷偷拍成實況影片上傳。

他具有實況遊戲的某種資質，然而那是成立於纖細平衡上，只要當事人自覺「正在開實況」就會沒戲唱的奇蹟性資質。因此我現在才要像這樣讓他以為「終究只是在試玩」、「終究只是在跟朋友玩」，藉此錄下實況的過程。

老實說，由於在倫理方面大有問題，上傳網路之際，我就在投稿者留言的欄位——

「所有過程錄完以後，有向當事人取得投稿影片的允許。」

加了這句聲明。多虧如此，目前留言區並沒有人鬧事。

……雖然說，其實我還沒有得到允許……

基本上會讓身分露餡的要素，我都在剪輯時仔細刪掉了，嗓音也有微調，所以這件事絕對不會讓他蒙受任何損失……應該不會才對。

另外，第一回影片投稿以後已經過了一週，這比我想像中還要受好評。多虧如此，我就算要收手也無法收手了。假如都沒有人對這段影片感興趣，我大可早早跟雨野小弟坦白，然後撤掉影片，當成幾乎沒發生過這回事……然而，現在已經由不得我了。

想讓更多人看影片也希望影片被評為有趣的我一旦著手執行，注意力老是會跑到「被注目的風險」上。我這種謹慎的個性正是人氣穩定的主因之一，同時也是我煩惱人氣難有成長的原因。正因如此，目前我志在向前邁進，也就覺得該主動扛起雨野景太這個「風險」……

對了，提到「風險」，我還有一個重大祕密沒有讓雨野小弟知道，或許這也可以稱為莫大的「風險」。

實際上，我本人並沒有把這當成問題……但是按照住在隔壁的朋友的說法，這何止是震撼彈，好像還是風險高到可以稱為核彈的「祕密」。

之所以會這麼說……

「咦，霧夜同學，你的襯衫胸口有線頭。」

「咦？」

他朝我的胸口伸出手指，然後捏掉線頭微微笑了笑。

「好了，拿掉了。」

「……呃，謝、謝謝你喔，雨野小弟。」

「不客氣。」

毫不經意，沒什麼大不了，不足為奇的日常光景……看似如此，其實剛才那一幕相當遊走於尺度邊緣。

「（這樣子，確實如鄰居……如碧所說，或許有些不妙耶。）」

儘管心裡這麼想，我仍舊不帶感情，像是在看待別人家的事一樣搔搔頭。我還是不太覺得自己有危機。呃，雖然我曉得以一般的觀念來想，剛才那樣會構成大問題……

之所以如此，是因為我……有著帥氣嗓音的遊戲實況主，霧夜步——

即使外表不容易看出來，但我好歹也是女的。

趁雨野小弟沒注意的空檔，我隨意將手掌湊到自己穿著襯衫的胸脯上。儘管扁到不行，姑且還是可以感受到起伏。

「（雖然我並沒有刻意要表現得像男的……）」

的確，我的身材並不像女性那樣凹凸有致，包含胸部在內，一切都長得纖瘦苗條。我在照穿衣鏡之際，也總是覺得自己長得像根火柴棒。

再加上頭髮短，服裝中性，嗓音又低沉，最嚴重的是連講話用詞都粗裡粗氣……理所當然地，第一次見面的人會有相當高的機率認定我是「較中性的男性」。這就是我，名叫霧夜步的女子。

只是在以往的人生中，這樣的誤解並沒有對我造成多大困擾。一直到高中為止，我本來都是穿女生制服，儘管多少會被人調侃有男孩子氣的部分，性別也不至於完全被錯認。

放假跟女生朋友走在一起會被誤以為是男友，或者被服飾店的店員搞錯性別而氣氛尷尬……諸如此類的狀況在日常生活中姑且還是會遇到就是了。

像這次的雨野小弟一樣……完全認為我是男性，還繼續密切來往的異性，對我而言就是首度經驗了。

「（唉，雖然現在是我主動在騙他就是了……）」

之所以如此，是因為雨野小弟從外表就看得出來是個十分內向的御宅族少年。假如我揭露自己是女的，膽小的他肯定就不敢「隨意進獨居大學女生的房間」了吧。而且，既然我要定期替他錄電玩遊戲影片，這將會成為非常致命的一點。

結果，他對於「被錄下實況影片」、「霧夜步是女性」這兩項祕密始終不知情，還純真無邪地跑來我家玩遊戲……這就是現狀。

「（他的網名兼這裡用的暱稱「自雷也」真的跟本身形象越來越合了……）」

在本人不知情的情況下懷裡抱了一堆大型未爆彈的雨野小弟。

我感到肩膀格外沉重，不自覺就揉起自己的頸子。當我東摸西摸時，雨野小弟就坐立不安地朝我問了一句：

「請問……我們不玩遊戲嗎？」

「咦？對、對喔，要玩要玩。抱歉，你等我一下。」

這跟我嚴格管理時程與進度的作風不符。目前狀況的異常程度剝奪了思緒，讓我不自覺地發呆。

我連忙一邊準備線材及供電，一邊朝雨野小弟搭話。

「這次我打算兩個人一起玩跟上次不同的遊戲，你覺得怎樣？假如你想接續上次『試玩』的進度，那也可以就是了……」

「咦？不不不，來別人家打擾，還每次都讓我一個人『試玩』，未免太奇怪了。」

「也、也對。」

我苦笑著回話，一邊安排要玩的遊戲。

既然要推出一系列的實況影片，將同一部作品持續玩下來的過程分成幾段來製作比較輕鬆。所以我起初也打算讓他把《地獄之血》玩到最後……但仔細想想，他說得有道理。不講明這是在進行實況，還讓他在我家一個人把遊戲從頭玩到尾，怎麼想都很奇怪。

因此，今後由他表演的系列就讓身為遜砲玩家的他多玩幾款不同的遊戲來讓人觀摩，我決定採取這樣的拍片路線。其實上次的回應欄也有許多聲音表示「想看他玩其他遊戲是什麼模樣」，這樣應該剛剛好。

我啟動電玩主機以後就拿起兩個無線控制器，將其中一個遞給他。

「？要用什麼遊戲來對戰嗎？」

「是啊。」

我一邊點頭一邊迅速操作電腦開始錄製。

「咦？霧夜同學，剛才立式麥克風的燈好像亮了耶……」

「心、心理作用吧。」

唔，我在事前應該已經把麥克風的電源顯示燈設定成關閉了！大概因為是便宜貨吧，似乎還是亮了那麼一下下。

我「嘿咻」一聲又坐到他旁邊的坐墊。

於是，在電視螢幕顯示出遊戲畫面的同時——我也按下自己心中的「實況主開關」。

「好啦～～這次要玩的是這一款遊戲！《爆爆猴》！」

「你怎麼突然這麼帶勁！」

不曉得實況影片已經開始錄的雨野小弟嚇得睜大眼睛。我無視他的吐槽，口齒流利地繼續用實況主模式講話。

「老牌的對戰動作遊戲《爆爆猴》。五顏六色的猴子會在同一個畫面互相用炸彈攻擊，不朽的名作呢。」

「呃，我可以當成這是在跟我講話嗎?雖然說，你的臉完全沒朝向我這邊耶……」

「自雷也，那你有玩過這款遊戲嗎？」

「咦?還好啦，多少有玩過……」

「那就不需要說明嘍。今天我打算兩個人一起用這款遊戲認真對戰。請多指教。」
「是、是喔，請多指教。霧……不對，阿、阿虎。」
在這個房間玩遊戲時要叫彼此的暱稱——雨野小弟似乎想起了這個規矩才中途改口……好，看來這次剪輯的消音次數會比上次少。
我淡然繼續進行實況。
「那麼，立刻開始遊戲吧。」
「那個，請問我可以把你從剛才講的那些話當成是在自言自語嗎？還是說，我必須回應你呢？」
「呃，對戰模式，玩家人數兩名，ＣＰＵ設定『強』，道具則是全部都有……好了。」
「啊，果然是在自言自語——」
「自雷也，你也要多講話，幫忙填補時間的空檔！」
「什麼！我第一次被別人要求自言自語耶！咦，什麼情況？阿虎，你是患了無聲恐懼症或什麼病嗎？」
「呃，單純是因為不講話就會出狀況啦。」
「那是什麼詛咒！好可怕！不講話就會出狀況的命運，阿虎，你遭受的死亡威脅比絕命終結站系列還要沒道理耶！」

「不不不，你在說什麼啊，自雷也？你也已經不是局外人了吧。」

「我不是局外人嗎！咦，我怎麼一轉眼就受到牽連了……」

「啊，爆爆猴的對戰要開始嘍，自雷也。」

「也太不是時候了吧！」

雨野小弟眼裡含淚，卻還是靈敏地應付起遊戲。我對他那副模樣露出滿意的笑容，同時也想起上次投稿影片得到的回應。

「（真沒想到觀眾格外吃「自雷也對自己正在實況毫不知情」這一套耶……）」

原本我就是看上他那種不上不下的電玩技術與反應才挑他當搭檔，實際投稿影片以後，卻在跟我的盤算完全不同的部分找出了趣味。

正是因為這樣，提供娛樂才令人覺得有趣，而且困難。

「哇～～好懷念喔～～感覺好久沒玩到了耶，爆爆猴。」

於是，雨野小弟之前對「詛咒」的恐懼不知道去了哪裡，遊戲開始之後，他頓時生龍活虎地亮著眼睛開始講話。

我對他那種適合實況的性情投以微笑，也將心思放回爆爆猴上。

如果要用一句話來說明，爆爆猴就是「用炸彈互相殘殺，只求自己在最後活下來」的遊戲。雖然字面敘述狠到不行，基本上仍是有可愛角色在２Ｄ畫面動來動去的同樂型遊戲——

——看似如此，其實這就是殺人不手軟的生存之戰。

不管怎麼說，這款對戰遊戲的亮點應該在於武器是「炸彈」。換成用劍或槍當武器的對戰遊戲，某方面來看，或多或少還是會有打得正正當當，讓人覺得合乎體育精神的比賽場面。

然而，一旦用上「炸彈」就不行了。

由於從安裝到爆炸有時間延遲而不具即效性，甚至有可能玩火自焚的兵器——炸彈。因為那就是所有玩家的唯一武器，戰場上自然會變成戰術、假動作、陷阱、同盟、背叛等要素的大熔爐。要在這樣的地獄定出唯一的生存者，與其說是遊戲，其實已進入「鍊蠱」的領域。恐怖至極。

……明明是如此有深度的遊戲，基本上玩家要用的操作卻只有「移動」與「放炸彈」兩種，輕鬆好上手。換句話說，它是任何人都能立刻玩得開心的可愛同樂型電玩，又具有認真以血洗血展開死鬥的兩面性，是款設計精良的遊戲。這不叫傑作要叫什麼？

「（哎，話雖如此，當然也有一堆技巧跟戰術就是了。）」

隨著遊戲開始，得先進行的作業是清除占滿場地的磚塊。在這款遊戲無論要走動、要遇敵、要撿取提升能力的道具，都必須從破壞磚塊做起。

這次是含CPU角色在內的四人對戰，因此在四方形畫面中被設置在四個角落的玩家就各自處理起占滿身邊的磚塊。處理之際，從磚塊中會隨機出現提升能力的道具，不過……

「喔，炸彈數立刻提升了。」

「真好耶～～」

雨野小弟看著我獲得的道具，看似想要地發出感嘆。我剛才拿到的是讓炸彈同時設置數增加一顆的道具。在開局時獲得就能加快磚塊的清除速度，以結果來說，比其他玩家拿到更多能力提升道具的機會也會增加。

我持續忙著清除磚塊，一個接一個地獲得提升能力的道具。

提高炸彈火力、提高角色移動速度、獲得將炸彈踹開的能力。

相對地，提到雨野小弟這邊……

「為、為什麼我這邊道具就這麼少！啊，終於出現了……欸，這不是骷髏頭嗎！」

雨野小弟突然拿到了會隨機產生負面效果的無用道具。

我觀望他的角色會有什麼變化，這次出現的效果是——

「太好了，只是變成透明。這樣視情況而定，還算是有用的效果。」

他一說完，剛才他的角色所在處附近就突然冒出了炸彈。應該是他變透明以後放的吧。

「（……的確，這種能力有點惱人。我可能會突然被透明人堵在死路——）」

當我重新提高警覺時，雨野小弟忽然叫了出來。

「唔哇！糟糕，我用自己的炸彈把自己堵住了～～！」

「你在搞什麼啦！」

——下個瞬間，透明人轟動陣亡。透明化在死掉的那一瞬解除，還會有亂可愛的「吱吱～～！」慘叫聲，讓人聽了格外難過。

更重要的問題是……

我連自己的冷靜形象都忘了，還忍不住大力吐槽：

「你怎麼跟我一點互動都沒有就死了！」

以實況來說完全沒有看頭！

雨野小弟從我面前轉開目光，開始找藉口：

「哎……玩、玩爆爆猴的時候常會這樣嘛，剛開局就出狀況炸死自己。」

「確實是常有這種狀況啦，可是你剛才不太一樣吧！既然不習慣操控透明化的角色，為什麼要勉強放炸彈！明明也可以等有效時間過啊！」

「有某個人說過：與其未經嘗試而後悔，不如試了再後悔。」

「從一開始就可以選擇不會後悔的做法啦！像剛才那種情況，應該也不值得你搬出那句名言賭下去吧！」

我氣急敗壞，使得雨野小弟愣愣地偏過頭。

「呃……阿虎，你那麼生氣是在氣什麼？」

「還問我氣什麼，這樣以影片而言——」

會缺乏看頭……我在差點這麼說溜嘴時警覺過來。糟糕，剛才我好像提到了影片……

不、不對，他也有可能沒聽見……

「以影片而言……？你說的影片……是用來播放的影片嗎？」

「（他聽見了！）」

他的耳力讓我吃驚。雨野小弟是怎樣啊？明明個性那麼隨和，為什麼在這種場面就聽得一字不漏？超煩人的耶。

我慌得滿額頭都在冒汗，但還是望著遊戲畫面並且回答他：

「我……我是說以贏面而言……沒、沒錯，以『贏面』而言，會連銅牌都拿不到！」

「居然當成奧運了！咦，這款遊戲沒擠進前三名會有什麼懲罰嗎！」

「沒、沒有，不是那樣啦……不過，還是以獎牌為目標吧！差一步就能登上頒獎台，你不會不甘心嗎！將武士的靈魂展現出來吧！」

「什麼情況！阿虎，我不懂你在熱血什麼耶！呃……的確啦，拿第四名……拿最後一名是會讓人不甘心……總、總之，下次我會努力。沒問題。」

呼～～看、看來勉強混過去了。好險……

結果第一回合因為搭檔自爆造成的震撼，我甘居第二。
比賽結果出來後，下一局立刻開始。
第二回合跟剛才不同，雨野小弟那邊也有出現道具，開局後進展順利。就這樣，隔開彼此角色的磚塊終於被清除，雙方要正式對陣了——然而……
「唔哇！這個電腦角色好強！呀啊啊啊！」
「就說你為什麼都在跟我互動前就先輸掉！」
雨野景太又幾乎沒有接觸到我就敗退了……因此，以影片而言根本毫無看頭，我再次跟兩名CPU角色對上……現在是怎樣啦。
雨野小弟茫然觀摩我跟電腦對抗，還「唉」地發出嘆息。
「……好無聊喔。」
「所見略同耶，我也是。」
為什麼我非要悲哀到連玩兩場難度不高的CPU戰？這個系列姑且還有讓輸掉的玩家從場外扔炸彈進去的附加規則，但這次設成OFF了。呃，我是考慮到最後剩兩個人認真對決之際，有CPU干擾讓我跟雨野小弟比得不痛快也嫌掃興……
沒想到目前我們兩個居然沒有任何互動。
雨野小弟一副閒著的模樣，還茫然嘀咕：

「……假如是四人遊戲，應該就會很熱鬧，也不會有這種『虛無』的時間……」

「你想講什麼？」

「……不過，阿虎你是落單族嘛……」

「唔……！」

煩躁到極點的我操作失誤，我用的角色就被爆炸波及了。

結果……

「「…………」」

電視上有兩名ＣＰＵ角色展開對決……這是怎樣？這算什麼實況影片？

我跟雨野小弟只能度過這段「虛無」的時間。ＣＰＵ之間遲遲分不出勝負。為什麼它們就能戰得這麼激烈呢？

我一邊看著畫面，一邊忍不住抱怨：

「說到落單族，自雷也，你還不是一樣？」

「咦？」

我提出的質疑讓雨野小弟眨了眨眼睛。然後不知道為什麼，他說著「哎呀～」害羞似的搔了搔頭。

「之前是那樣沒錯，但最近我認識的人和朋友變多了，呈加速度成長。」

「呈加速度成長？呃，這是怎麼一回事……」

「沒有怎麼一回事啊，就說了，單純是我朋友變多了……」

「就憑你嗎？為什麼？你講的這件事該不會跟宗教有關？」

「才沒有！阿虎，你把我看成什麼了啊！」

「誘餌。」

「震撼的答案！咦，誘餌？怎麼會把我當誘餌？」

「不要緊不要緊，我說的是正面含意。」

「什麼叫正面含意！假如你是指『好的誘餌』，那更讓人反感耶！」

「不過還真意外，自雷也，原來你也會有朋友……」

「這有什麼好意外的，拜託你別這麼說……」

「啊，抱歉，那我好好更正成正確的用詞。」

「麻煩你了。」

「自雷也至少還有幾個自認為是朋友的存在。」

「奇怪，我怎麼覺得解釋的空間變更廣了。」

「太好嘍，自雷也。恭喜，恭喜，恭喜。」

「別說了啦！別助長我在腦海裡幻想出幸福結局的那種感覺！」

「那麼，ＣＰＵ戰正好也結束了，來打下一場吧，下一場。」

「我的精神狀況未免也太不堪了！」

說歸說，我們還是重開新局。兩個人都順利地破壞磚塊，逐步獲得道具。

於是來到第三次對戰……我們總算正常交手了。

「去吧，去吧！」

「小意思，看我這招！」

我們互相在鄰近的位置放炸彈，再互相閃躲。像這樣一看……雨野小弟在電玩方面的基本功果然並沒有多薄弱，起碼從現狀看來，他跟我鬥得平分秋色。

「（那麼，為什麼這個男生總是一下子就遜掉呢……）」

那大概正是雨野景太之所以是雨野景太的原因。

我跟雨野小弟展開有進有退的攻防。在這款遊戲提到「進攻」，要做的主要是「封住退路」。用炸彈包圍、堵住敵人，並分出勝負。當然，還有踹炸彈、扔炸彈、規劃連鎖引爆等各種不同的戰術，但無論哪一種做法，基礎終究是「封住退路」。

為此，就得預判對手的行動，精確地戳中對方「不希望敵人下手」的痛處。

即使解決不掉敵人，也要試著在對方的退路擺設「牽制」作用的炸彈，或者逼他去跟其他角色互鬥。

「……好，勉強收拾掉一人了！」

「罩喔，自雷也。但我這邊也一樣。」

我們兩個各自將跑來糾纏的CPU角色除掉。

像這樣，比到第三回合，兩名玩家終於進入認真對決的局面。

我們先朝彼此踹炸彈、扔炸彈，展開保持距離的牽制戰。

「哇！好險！」

從我這邊踹過去的炸彈被雨野小弟那邊預先設置的炸彈連鎖引爆，差點就轟到他的角色。才這麼一想……

「哎呀，不妙！」

這次換成他那邊隔牆扔過來的炸彈砸中我，儘管我的角色一瞬間昏頭轉向，還是勉強在炸彈爆炸前一刻開溜。

「「…………」」

遲遲分不出勝負，緊張感加劇。我也不自覺地忘記做實況，但是靠口頭反應仍然勉強撐住了場面。

「（雖然說，我原本的實況風格並不是這樣……）」

內心想歸想，然而另一方面，我自己也覺得這樣還不壞。

一個人玩遊戲做口頭反應，不對勁的感覺就會如影隨形，可是有雨野小弟這樣陪在旁邊，表達心情頓時變輕鬆了。因為他是動不動就會把心情表達出來的人，坦白的程度甚至令人有些難為情……

「可惡～～你很惡劣耶，阿虎！」

「不不不，自雷也，你可沒資格說我。」

自然而然地互相拌嘴玩起來以後，我開始覺得這種實況方式也滿不錯。

「（儘管內容不洗鍊，品質也不高……假如我們體驗到的這種「樂趣」能透過畫面傳達給觀眾，或許這樣也不錯。就跟偶像實況主一樣……）」

思考到這裡，方才看的網路新聞報導突然掠過腦海，使我停下操控遊戲的手。

「很好！成功了！」

「啊。」

一回神，我的角色在不知不覺中已經被雨野小弟設置的炸彈包夾而沒辦法動彈。

無從逃脫的我輕易就被炸死了。

「好耶！」

雨野小弟在旁邊擺出姿勢叫好。

我一邊嘀咕：「被、被解決掉了……」一邊為了無視內心深處湧現的模糊情愫，大大地吞了口水。

打敗我的雨野小弟的角色在電視畫面中央天真地跳著喜悅之舞。

*

結果總共錄完十局左右的比賽以後，這天的活動就散場了。由於從第三局以後的比賽還算是競爭激烈，十分有看頭。

當雨野小弟準備回家時，我便操作電腦停止錄影。於是……在畫面下方可以看見之前被我縮到最小的視窗。

「…………」

我嘆了一口氣……也不管雨野小弟還在房裡就將視窗放大。方才那篇新聞報導與讀者意見回應又冒了出來。

我不禁搖搖頭。

「（真是……看了這種新聞，我為何會沉浸在負面又陰險的喜悅裡啊。真難看……）」

大概是因為剛剛才跟雨野小弟開心又純真無邪地玩過遊戲，我對自己先前做出的舉動感到格外不屑，心情越來越消沉。

……糟了。再這樣憂鬱下去不行，得找個方法調適。

「…………呼～～」

我大大地吐了一口氣，然後從電腦桌起身轉向雨野小弟那邊。至於他，則是莫名其妙地正在費工夫披圍巾，不曉得是因為手太笨還是平時披得不熟練……

我背對顯示著那篇網路新聞的電腦，然後……朝他問了一句：

「欸，雨野小弟，我問你喔…………我的性格是不是很糟糕？」

「是啊。」

隨問隨答。而且他絲毫沒有看我這邊，答得彷彿理所當然。

「怎麼平白無故問這個？」

雨野小弟一邊跟圍巾纏鬥一邊問道。我咳了一聲清清嗓，並且繼續說：

「呃……最近我因為一些緣故，正在為自己缺乏長進而煩惱。然後我就在反省主要的原因……會不會跟我的這種毛病有關。」

「哪種毛病？」

「會因為別人不幸而竊喜的毛病。」

「你好惡劣喔。」

「對吧？」

我賊賊地笑著輕鬆應付過去，然而，內心卻深深地在反省。

一直以來，我都是用個性拗、脾氣彆扭之類的溫和形容詞來蒙蔽自己。說到底，我這個人的性子就是——

——正當我思索這些的時候……

「哎，不過我倒是喜歡這樣的霧夜同學。」

雨野景太就說出了不得了的話。

「——咦？」

我不禁露出呆掉的臉。然而他……雨野小弟還是順著隨意閒聊的調調繼續說：

「畢竟要是你的性格太善良，今天玩爆爆猴應該就不會熱絡到哪裡去了。霧夜同學，我喜歡你的遊戲風格。」

「啊，你是指玩遊戲喔……」

我安心地捂了胸口………呃，我到底在想什麼？

雨野小弟一邊挑戰不知重披了幾次的圍巾，一邊繼續說：

「滿懷慈愛的溫柔天使，還有摩拳擦掌陷害對手的惡魔，跟哪一邊對戰會比較好玩呢？

這就是我想說的事情。」

「你無論什麼都用電玩當標準耶。」

「……哎，雖然以協力遊戲的觀點來看，或許就只有天使一個選擇。」

「而且主張還飄忽不定。」

總覺得跟他講話，一個人深刻地煩惱那些就顯得很蠢。

雨野小弟慎重地調整圍巾的形狀，並且繼續說：

「對了，要提到主張飄忽不定，剛才我是順著對話的節奏隨口回答你，但是以他人的不幸為樂根本也不是什麼壞事啊。」

「呃，起碼那不是值得稱讚的行為吧？」

「話是沒錯啦…………比方說，在正義的勇者成功討伐了魔王的世界裡，難道普通人就不能慶幸『魔王活該！』嗎？這就是我想講的。」

「感覺你全都用電玩來比喻反而不好理解耶。」

「連別人幫忙打圓場的話都要吐槽，你的性格好惡劣耶，霧夜同學。」

「我不就說了嗎？」

這時我忍不住笑了出來……不知道為什麼，這傢伙講的話牛頭不對馬嘴又俗套，可是正因如此，才莫名地……能夠撫慰我。

雨野小弟似乎終於將圍巾圍成滿意的形狀了，這才臉色開朗地朝我轉過來。

「哎，不管怎樣，像我這種人，骨子裡到底是個小市民……」

雨野小弟先說了前言，然後就和氣地笑了笑。

「魔王被打倒就會坦然地慶幸說：『活該！』……身邊如果有這種跟我差不多單純，性格又惡劣的人在，我想日常生活應該會比較快樂。」

「——是嗎？」

聽了他的鼓勵，我不禁有失本色地……回以溫和的微笑。

於是，雨野小弟看了我的表情，就莫名驚訝似的睜大眼睛。

「？怎麼了？」

「咦？啊，沒有……對不起，霧夜同學，有那麼一瞬間，我覺得你看起來像女性。」

「……呃……」

這傢伙是怎樣，好麻煩。遲鈍與敏銳以奇怪的型態同處一身，實在很難預測他何時會冷不防地講出什麼話。我的性別為什麼會在這個時間點差點曝光呢？

雨野小弟大概有亂講話的自覺，又連忙把話題帶回去。

「不、不過，在魔王被打倒之際，會溫柔地祈禱『願他的靈魂也能安息……』又有著高潔精神的修女，我也很喜歡就是了！倒不如說，那才合我的喜好。」

「說真的，你都沒有一貫的主張耶！」

「所以我不是說了嗎，我是小市民啊！我會對同樣身為小市民的存在感到安心，然而另一方面，也會打從心裡憧憬高尚的存在。其實我的觀感就是這麼普通。」

「呃，你這麼缺乏信念，已經比小市民更不如了吧。」

「哎呀，對把自己看扁成『小市民』的人回嘴說『比小市民更不如』，霧夜同學，你好狠耶！」

「喂喂喂……我從剛才不就提過好幾次了？」

「你提過什麼？」

面對傻眼地發問的雨野小弟——

我賊賊地揚起嘴角，用使壞的微笑回答他：

「我啊，就是性格惡劣。以前是如此，以後也會如此。」

*

「不好意思，讓你專程送我。」

「不會，我剛好也有事要到便利商店罷了。」

我這麼回話，跟雨野小弟走在公寓前的路上。北方大地的秋天很短暫，剛覺得天氣稍微轉涼，沒多久便開始有零星雪花飄落。今天溫度一降，要靠襯衫外加羽絨背心的秋裝禦寒就略嫌單薄。

我摩挲著上臂，並思索晚餐要不要吃便利商店的關東煮。雖然跟雨野小弟沒什麼對話，不可思議的是這並不難受。

「（平時跟異性兩人獨處，我就會覺得尷尬……）」

大概是我不把他當男性吧。明明才第二次一起玩，我卻輕鬆得好像已經跟他混了很久。

幾乎沒說話就來到便利商店前，我停下腳步。

「那我就送你到這裡。路上小心。」

「好的，打擾你了。」

雨野小弟規規矩矩地低頭行禮，我也不自覺地跟著行禮。這時候……

「啊，霧夜同學，你等一下好嗎？」

「咦？」

突然間，他將距離拉近一步。我正想有什麼事，雨野小弟就悄悄地朝我的頭伸出手……

接著，將某個東西挑掉之後，他就退了一步。

用手指拿著棉絮的雨野小弟露出微笑。

「你的頭髮沾到灰塵了。」

「咦？啊，是喔，謝啦。」

「那我告辭了。失陪。」

「啊，嗯，好，謝謝你。」

我揮了揮手目送他離去。於是，當他拐過轉角，看不見身影的時候……

「步同學。」

忽然有人從背後叫了我。我嚇得回過頭，就發現右手拎著超商購物袋的千金大學生鄰居……彩家碧似乎鼓著腮幫子站在那裡。

「噢，碧，辛苦啦。妳正要回家？」

「是這樣沒錯…………先不說這些了，步同學，妳又拐那個男生進房間了嗎？」

「說我拐他進房間，妳講話還是一樣難聽耶……」

我忍不住傻眼地嘆氣，並勸說似的告訴這位神經質的鄰居：

「聽好了，碧，他完全把我當成男的，我也只是把他當成實況的搭檔在利用。既然如此，這當中絕對不會發生足以登上網路新聞的曖昧關係。」

「可是……」

「沒有可是。啊，對了對了，告訴妳一個好消息。今天發生過那傢伙朝我的胸口伸出手的事故，出了這種擦槍走火的狀況，我跟那傢伙依舊什麼感覺都沒有喔。還有比這更確實的證據嗎？」

「……咦？呃，既然如此，妳剛才為什麼——」

碧還是有意見要說……老實說，我覺得夠煩的了。

我走過她的身旁，一邊朝便利商店走去一邊告訴她：

「那我要去買晚餐了。下次大學見，碧。」

我硬將話題打住，然後快步離去。

至於獨自被留下的碧——

……她似乎用讓我好像聽得見又聽不見的音量在便利商店的停車場喃喃自語些什麼。

「既然如此，剛才為什麼——他只是將手輕輕伸向妳的頭，妳的臉上就多了一絲紅潤呢……」

〈距離雨野景太的交往對象踏進霧夜步的公寓——還有五個月半。〉

✖霧夜步與迷沼推理ACT

「近期我會去教育旅行。」

雨野景太看似憂鬱地提到這個話題，實際上是在第五次錄實況影片的前一刻。

我們雙方的性格都絕非擅長交際，不過在兩人獨處的房間裡，既然已經度過了四次愉快而密集的遊戲體驗，似乎也足夠讓我們打成一片了。

我在廚房泡即溶咖啡，帶著苦笑輕鬆回話：

「看你似乎很排斥耶，景太。」

不知道我是從什麼時候開始直呼他名字的。雖然不太記得，但我是對於親近的朋友原本就會自然而然地直呼名字的那種人。對我來說，雨野景太似乎在不知不覺中變成「並非只是實況的搭檔」了。

話雖如此……

「那還用說，我是落單族嘛。霧夜同學，你應該也會排斥吧？」

他依舊用姓氏叫我就是了。坦白講，倒不是沒有一絲落寞的感覺，不過從他願意找我商

量私事這一點來看，他似乎也有以自己的方式對我敞開心房。這應該可以視為有進步吧。

所以，我其實也想誠心誠意地陪他商量事情……

「（然而胡亂聊起以前的回憶，有可能會讓我的性別曝光……）」

之前在閒聊中談到高中時期的回憶之際，我就不小心提到自己「不習慣校用泳裝那種服貼的穿著感」，讓他聽得一愣一愣的。後來我對這類跟過去有關的話題都會仔細留意，甚至到了有些誇張的地步………畢竟我也不想再被當成性癖特殊的變態。

為免露出馬腳，我就帶著笑容，跟往常一樣迴避他的話題。

「不曉得耶。高中時期的事情，我已經忘記了。」

「不不不，那也不算多久以前的事吧。霧夜同學，你很詐耶，對於自己的事情依舊幾乎都不提，除了嗜於帶年紀小的男生回家，還有喜歡校用泳裝以外。」

「我在你心中的形象還真不得了。」

「不想被當成這樣的話，就請你多聊聊自己的回憶，身為落單族的前輩。」

景太不滿似的鼓起腮幫子。

「早說過了，我跟你不一樣，並沒有那麼重的落單傾向。」

我一邊嘻嘻笑著一邊拿起兩個馬克杯，其中一杯擺在自己固定待的電腦桌，另一杯則擺在他坐著取暖的電暖桌上。順帶一提，這張電暖桌是在上次錄實況影片前從壁櫥搬出來的。

多虧如此，上回初次體驗電暖桌的景太特別興奮，幾乎都沒在實況遊戲，錄到最後變成了「雨野景太初次體驗電暖桌的實況影片」……不過觀眾對此又給了「嶄新」的正面評價，因此我對遊戲實況這回事已經摸不著頭緒了……

「感謝你。我要享用了。」

景太一邊道謝一邊輕輕拿起馬克杯，大概是因為怕燙，他拚了命往杯子裡呼氣吹涼。吸氣吸到臉頰鼓起來才吹涼的那副模樣實在太孩子氣，我忍不住賊賊地笑著觀望。於是，景太好像有注意到這一點，便害羞似的把話題帶回去。

「總之，我在談教育旅行啦，教育旅行。哎，希望分組的時候能受到上天眷顧……」

「咦？記得你在班上不是有唯一一個可以稱作朋友的人嗎？」

我坐到電腦椅上蹺起腿，邊喝咖啡邊反問回去。

景太用有些含糊的口氣答話：

「有是有啦……不過事情不好說耶，因為他很受歡迎。」

「這樣啊，你沒有把握跟他加入同一組？那……乾脆認了吧，一個人享受孤傲不就好了嗎？旅行的歡樂氣氛由自己創造就行啦。」

聽了我所說的話，景太仍用兩手捧著馬克杯，大受感動似的濕了眼眶。

「……霧夜同學，你依舊是可以敬為一條漢子的男人耶。落單界的希望。」

「欸，我說過，我跟你這種落單族根本不同——」

「好，就將落單界最頂級的稱號『大太法師落單族』贈與你吧。」

「不需要。還有你講的已經是跟落單族不一樣的東西了。」

「……最喜歡小男生和校用泳裝的大太法師落單族。」

「別拿我當召喚妖魔鬼怪的容器。」

「哎呀，那我們差不多該來玩遊戲了，大太法師。」

「別擅自改我的暱稱，我可是『獵虎夾』。」

「我倒覺得那個暱稱也夠奇怪的了。」

側眼看著景太苦笑的我這才總算慢吞吞地開始著手準備玩遊戲。總覺得隨著日子過越久……我們「閒聊」的時間就拖得比遊戲實況還要長。

好啦，不管那些了，來玩遊戲。今天要讓他玩的是推理ＡＶＧ。以文字為主的遊戲說起來絕非適合實況的素材，我自己就不會用這個類型開實況，但我想對雨野景太的實況資質多做嘗試。

「好，這樣就ＯＫ了。」

確認遊戲啟動的同時，我操作電腦開始錄影。接著，我拿了馬克杯移動到電暖桌那邊準備實況。

「失禮嘍。」

我是以並肩入座的形式和景太擠在狹窄的電暖桌裡，肩膀、手肘還有腰自然而然就會跟他多少有接觸，使得我有些心神不寧。

「（面對這樣的小不點，我是在緊張什麼……）」

因為碧老是對我有「竟然把高中男生帶回房間，真是汙穢」這類批評，害我最近反而在意得不得了……這時——

「呃，那我可以開始玩這個了嗎，霧——阿虎？」

即使標題畫面秀出來了，我還是在發呆，景太就不解地問。我回答：「行、行啊，抱歉。」然後清一清嗓子——切換心情。

「好的！所以這次要玩的是這一款遊戲！《灣岸聯誼》（註：日文音近「彈丸論破」，即影射「槍彈辯駁」）！」

「雖然我已經見怪不怪了，阿虎，為什麼你要像這樣換檔啊？那跟握了方向盤就會切換人格是類似的嗎？」

景太至今對我的實況模式仍無法掩飾心慌。這也難怪，既然他不曉得我目前正在熱烈拍攝要播給全世界看的實況影片，當然會有那種反應。沒辦法。話雖如此，他這樣的反應如今也成了賣點之一。

所以嘍，我依然故我地像平常一樣繼續進行主持。

「自雷也，你有沒有玩過這款遊戲？」

「不，我第一次玩耶。名稱倒是有聽過……」

「那正好。因為這款遊戲是推理ＡＶＧ，玩過就完全無法期待你的反應了，謝天謝地。我說真的。」

「幹嘛那麼在乎反應啊，阿虎？話說，我的反應究竟會牽涉到什麼？」

「我（身為實況主）的信賴和名聲和情誼。」

「嚴重到出乎意料！咦，為什麼情況會變成那樣！」

「來吧，重要的是多聊遊戲，自雷也。」

「你還說聊遊戲比較重要……唉，隨便，我是無所謂了啦。」

這段互動已經重複過好幾次，因此景太兩三下就罷休。

我又開始解說遊戲。

「《灣岸聯誼》正如其名，遊戲中會有幾名男女在灣岸旁的小酒館辦聯誼。」

「內容確實跟名稱寫的一樣，但我為什麼會有種失望感？」

「然而，聯誼會場出現了神祕的幕後黑手『嘿嘿熊』（註：影射「黑白熊」），導致事態突變。」

「哦，隱約瀰漫著心理驚悚劇的氣息——」

「有說有笑的國王遊戲就這樣歡樂地開始了！」

「——氣息才一下下就蕩然無存了。」

「主角『超絕倫太郎』究竟能不能在『互推恐龍妹的生存競爭』中存活，順利將可愛的女生『撿回家』呢！」

「主角的名字是怎麼了？他是浪花金融〇世界中的居民嗎？」

「還有，這場國王遊戲所潛藏的驚人真正目的是什麼！」

「哦，講到這裡才稍微有勾起我興趣的謎題——」

「跟這個世界的政府推動的『出生率提升計畫』又有何關聯呢！」

「——謎題好像已經解得差不多了。」

「『嘿嘿熊』令人意外的真面目是什麼！」

「恐怕就是公務員吧……」

「儘管才星期二，千萬別錯過這場在小酒館喝到凌晨五點的戰鬥！」

「哎呀，換成隱約瀰漫出《不十不歸》的氣息嘍。」

「————離開小酒館以後所迎接的未來，究竟是希望，或者絕望？」

「不，要迎接的應該是上班或上學吧。」

「所以嘍，來吧，你差不多該開始玩了，自雷也！」

「主題和結局都這麼令人沒興趣的ＡＶＧ，我第一次玩到耶！」

吐槽歸吐槽，景太還是按了開始鈕。

在畫面中，主角自述的狀況說明及一連串角色介紹節奏順暢地逐步進行著。景太看似有些佩服地「哦」了一聲。

「主題確實很差勁，不過一旦開始玩會發現角色的台詞及獨白都滿有趣耶，真不錯。」

「那當然了，遊戲賣得好不會毫無理由。」

「就是啊……奇怪，我跟女性角色對話以後，好像就突然拿到叫『承諾』的東西……」

「啊，那在之後的重頭戲——『桌球審判』會用到。」

「桌球？咦，原來這是體育類遊戲嗎！」

「錯了，不是的。雖然這並不是體育類遊戲，但他們會打桌球。在適當的時機會打。到別的房間打。」

「咦咦！呃，我都不曉得耶，原來辦聯誼活動是會打桌球的嗎？」

即使被這麼問，我也沒有實際參加過聯誼，所以不曉得。然而……被景太用有所期待的視線看待，我一不小心就隨口回話了。

「對、對啦，這陣子……會那樣辦聯誼的人，我想，應該算滿多的吧。」

「咦，真的嗎？是喔……也對啦，畢竟在這年頭，桌遊咖啡廳之類的也興盛起來了。原來對現充來說，打桌球是很普通的嗎……」

「是、是啊。」

我一邊轉開視線一邊回答……唉，影片出爐以後，這一段互動會帶來什麼樣的回應……總覺得笑我的人會比笑景太的還要多……之後先把這段剪掉好了。

當我打起無謂的算盤時，景太一面玩遊戲一面又進一步問道：

「那個，我對桌球的部分算是懂了，不過審判是指……？」

「啊，並不是真的要開庭審判啦。只是主角跟想追的女生會一對一打桌球，並且展開問答，這段過程將用『桌球審判』的形式來呈現。」

「哦……所以說，這個『承諾』是到時候要用的？」

「是啊，對方打桌球時所講的話若是跟『飲酒階段』收集到的『承諾』有矛盾，就可以用仿照乒乓球的『承諾』以殺球的方式打穿對方的發言。」

「原來如此，就是用桌球的形式將言語的來回交鋒可視化嘍。真有新意。」

「遊戲裡基本上都在重複這樣的過程，收集『承諾』與『桌球審判』。然後，在『桌球審判』會有主角不想追的恐龍妹……在這款遊戲裡稱為『賠錢貨』。」

「完全捨棄女性玩家好感度的糟糕用詞，爛成這樣反而自成一格了。」

「總之，只要狠狠修理這裡提到的『賠錢貨』，她就會跟主角以外的男人回家，超絕倫太郎才能風風光光地回頭攻略可愛的女生……也就是『上等貨』。」

「我想把這個男主角玩到GAME OVER。他最好去給車撞。」

「我懂你的心情，但是實際玩過以後，你會發現這是文筆間才氣煥發又富有機智情節的超有趣遊戲，確實跑一遍劇情吧。說來說去，倫太郎其實意外地討人喜歡啦。」

「哎……我承認文章確實寫得很有趣就是了……」

景太說著便不情願地開始跑遊戲，然而幾秒鐘以後，他就對「嘿嘿熊」露骨的影射性笑料忍俊不禁。

景太順暢地讀起「飲酒階段」的劇情。順帶一提，官方只允許上傳本作第一章的遊玩影片，所以縱使是拿AVG來實況，也不用太介意會洩漏劇情。這樣的狀況實在令人感激，然而我個人對於「非官方遊戲實況才能涉及的領域」也有所偏愛，因此挑這款遊戲來實況絕非我已經想好要轉型走清新路線的關係……雖然我也不知道這是在跟誰辯解就是了。

「哎呀，終於來到剛才說的『桌球審判』模式了嗎？」

當我發呆時，景太仍毫不停頓地跑著遊戲，進展到本作最吸睛的部分了。

景太參照教學流程，準備迎接「桌球審判」。

這次擔任敵人的恐龍妹……「賠錢貨」將用來勾引主角的字句放上乒乓球，一顆接一顆地打到畫面前方。

「啊，感覺好熱喔～～」「要不要脫一件衣服呢～～」「咦～～超絕先生，你滿結實的耶～～」「討厭，你好壯喔～～」「我在想，是不是可以到外面了呢～～」「或許我真的開始醉了……」

景太以動作遊戲的方式把裝載這些字句的乒乓球一顆一顆打回去。然而，當字句輪完一遍以後，「賠錢貨」的台詞又從頭開始重覆了。

我開口解說：

「在剛才那些發言當中，你要是覺得『這句話有問題』，就可以提出事前收集的『承諾』來進行『殺球』……換句話說，就是在比賽裡得分。」

「原來如此。既然這樣……」

景太嘀咕以後就將游標移到這次疑似能派上用場的「承諾」……選擇「店員弄錯端了無酒精飲料給女生」。

然後將它放到「賠錢貨」的證詞「或許我真的開始醉了……」上面。剎那間，主角超絕倫太郎吼道：

『才不對哩～～！』

「他講話怎麼突然變成關西腔！」

景太吐槽。其實這個叫超絕倫太郎的青年痞歸痞，基本上還是都講標準腔，所以這句台詞顯得特別不對勁。雖然不對勁……

「倫太郎的設定是情緒一激動，身上的大阪人血統就會蠢動。」

「啊，原來主角是大阪出身喔。」

「不對，他真正的出生地是葡萄牙，而且也沒有在關西圈住過的經驗。」

「這個主角是怎樣！形象錯亂也要有限度吧！」

話雖這麼說，遊戲性本身好像還是讓景太覺得有趣味，後來他仍一臉開心地在玩「桌球審判」。他在施展過幾次「殺球」以後就望著遊戲畫面嘀咕了一句：

「……偶爾我會想，假如現實中也能顯示選項就好了。」

「怎麼啦，突然講這種像是輕小說設定的話？」

「呃，現實中的自由度高得驚人，相對地不就好像時時都在面臨數量龐大的選項嗎？」

「也對，確實是這樣。這款遊戲也是，調高難度以後，放進選項的『承諾』數量就會變多，更能促使玩家思考。選項多，或許也代表有多少自由，難度便提高了多少。」

「就是啊……」

答話的景太無力地笑了笑。我不太懂他的用意，便含糊地微笑著喝了口咖啡。於是，下一個瞬間——

「……跟心愛的女友該怎麼相處，能不能也拿選項讓我選呢？」

「噗哇！」

——從他口中發出的驚人之語讓我忍不住把咖啡噴了出來。

「你沒事吧！」

「沒、沒事，我沒事……我沒事啦……」

所幸咖啡沒有濺到電暖桌蓋被以及麥克風，簡單用面紙擦掉桌上的部分就清理完了。

然而……問題並不在這裡。

景太暫時打住遊戲進度，我就一邊拿濕抹布善後一邊慌得眼睛亂飄，卻還是問了他：

「呃……咦？那個……雨野景太同學……冒昧請教你一下……」

「咦，幹嘛突然這麼客氣？明明還在玩遊戲，你卻叫我的本名。」

「沒有，預定中這一段會完全剪掉，所以沒關係。」

「會剪掉？」

「沒事，不扯那些了……雨野景太，你剛才說……」

我無謂地用濕抹布多擦了好幾次桌子，盡可能故作平靜……卻又無法盡掩嘴脣的顫抖，

就這麼開口問道：

「呃……你、你有女朋友？」

對於我在這輩子……只問過一次的問題——

雨野景太他……非常乾脆地做出回答。

「啊，是的，我有喔。我女朋友長得超美，配我實在是可惜了。」

「————真的假的……」

儘管我目瞪口呆，還是用幽魂般搖搖晃晃的腳步走向廚房，嘩啦嘩啦地用水清洗抹布，並且飛快地思考。

「（咦，這是怎樣，什麼狀況啊？這傢伙明明是典型的「落單型人物」，為什麼會有女朋友？會不會太奇怪？不，更重要的是……）」

我的心臟為什麼會怦通怦通地跳得這麼快？……………………

「（……對、對了，我懂了。因、因為以前碧有忠告過。是這樣吧。沒錯沒錯。）」

我想起這股不安的具體「原因」，就稍微安心了。

關掉水，用力擰乾抹布。

「（大學女生將高中男生帶進家裡，這樣的情境……萬一對方有女朋友，不就相當糟糕嗎？還可能導致情場糾紛喔——之前碧是這麼說的。）」

然而聽到這番忠告時，我卻表示「憑雨野景太那樣」不可能會有女朋友，就將碧說的話撇到一邊去了……

看來這似乎大錯特錯了。

我一邊晾抹布，一邊問正用面紙幫忙將有點濕的桌面擦乾的雨野景太：

「呃，你提到的那個女朋友……並、並不是腦內想像的吧？」

「你這樣隨口亂懷疑很過分耶。我看起來像是那麼彆扭的人嗎？」

「非常像。」

「我想也是。說完以後，我也覺得自己難保不會那樣做。」

「既然如此……」

「不過，這次提到的女朋友真的是現實中的事情。正因如此，我才會像這樣認真煩惱要怎麼跟她相處。」

「也、也對喔……」

我晾好抹布以後，就回到跟雨野景太距離緊密的電暖桌——不，我坐到電腦桌前的椅子上。景太不解似的問：

「奇怪？怎麼了嗎？你不跟我一起繼續玩遊戲嗎？」

「咦？啊，沒有，那個……我、我是覺得跟你靠太近，似乎也不好……」

「咦咦？怎、怎麼突然講這種話？這樣滿傷人的耶……」

景太大概是透過最擅長的被害妄想，以為自己被人嫌棄「噁心」，就變得垂頭喪氣。我急忙打圓場：

「沒有，不是啦，我不是嫌你噁心或者覺得不舒服。我說真的。真的。」

「你那麼拚命辯解反而讓人痛心耶！」

「倒不如說，我沒有多排斥反而才是問題……」

「咦？怎、怎樣啦，霧夜同學？難道你有那種性向……」

「錯了，我是一般性向。不過正因為是一般性向，反而更有問題……」

「？我完全不懂你在講什麼耶……」

「……某方面來說，我也一樣搞不懂。」

我無奈地嘆氣，然後就直接仰身，整個人靠在電腦椅的椅背上。

景太玩遊戲的手依舊停著，還問我：

「難道……我來這裡玩，會對你……造成困擾？」

「咦？」

這個問題讓我忍不住擺回姿勢，並重新面對景太。於是我發現他純真的眼睛裡洋溢著不安，我的胸口頓時感到一陣刺痛。

「（我為了自己方便邀他來，又因為自己辦事不牢而疏於確認，最後還因為自己的隱情就嫌他造成困擾……我到底把自己當成什麼大人物啊？）」

自己的器量之小著實令我煩躁。

我……吐了口氣，隨後就跟平常一樣遊刃有餘地以大學生的笑容回應景太：

「哪有可能。真是，像你這種動不動就對自己信心頓失的毛病，我覺得不太好喔。」

「咦？啊，對不起……」

「景太，我反而想問，你怎麼覺得自己會對我造成困擾？」

「這個嘛……那個……呃………我沒有具體的理由就是了……」

景太看似過意不去地垂下目光。

他那副模樣，終於……終於讓我痛下決心，從椅子上起身，然後順勢在他旁邊使勁坐了下來。緊接著，我也不管彼此的肩膀及臀部會貼在一起，就把腿伸進電暖桌的被褥，還帶著笑容告訴景太：

「我沒有理由嫌你造成困擾吧。來，重要的是你差不多該跑遊戲了。行嗎，自雷也？」

「………是的。說得也對。我明白了，阿虎。」

我篤定的話語和表情讓景太總算安心似的笑了笑做出回應。於是，他又一臉開心地玩起《灣岸聯誼》。

我一邊望著他那樣的臉龐，一邊重新堅定意志。

「（既然如此，我死也要守住自己有關性別的這項祕密。這已經……不是為了我自己，更是為了景太……還有景太的交往對象。）」

老實說，以往我都是抱著「曝光就曝光吧，有什麼辦法」的心態，不過往後就是認真的了。我怎麼樣都無所謂，可是……可是我不能毀掉他的幸福。正因如此，會洩露自己是女性的要素統統都必須抹消——

「啊，話說霧夜同學，今天有件事情一直讓我很在意，我想順便問你……」

「嗯？什麼事？欸，別客氣，你儘管問啊。我跟你之間根本沒什麼好隱瞞的！」

「是嗎？那我就放膽問了……」

這時候，景太仍專注於遊戲畫面，還用左手食指朝房間角落輕輕一指，口氣輕鬆地問：

「今天一直掉在那邊，看起來像女性內衣的東西到底是……」

「！」

我心驚肉跳地看過去，房間角落確實有女性內衣……應該說，有我那件毫無女人味可言，只注重穿戴舒適感的運動胸罩被隨便扔在地上。

「（啥啊啊啊啊啊啊啊啊啊！怎麼會！難道是從洗衣籃掉出來的嗎！以往明明都沒有發生過這種事情啊！為、為什麼偏偏在今天……！）」

我獨自陷入羞恥及各種情緒造成的大混亂，即使如此，我仍拚命全副運作腦袋，設法找藉口。

「呃，這個嘛……那東西……乍、乍看之下像胸罩，但其實是護膝——」

『才不對哩～～！』

「噫！」

突如其來的猛烈關西腔吐槽讓我嚇壞了。猛一看，原來那是出自遊戲畫面中的語音。

景太專注於遊戲，同時仍朝我這邊瞥了一眼，然後「啊哈哈」地笑出來。

「哈哈，阿虎你好會模仿喔！」

「……咦？」

「像你那樣滿臉冒汗，感覺像被逼急了的表情……跟《灣岸聯誼》裡被逼急的『賠錢貨』一模一樣耶！真厲害！」

「咦……啊，對嘛，很像吧？呵、呵呵，我對模仿可是滿有自信的喔。」

ゴゴゴゴ…

我說著發出「嘿咻」一聲，用極為自然的動作離開電暖桌，然後走到房間角落，直接用自己的身體擋著景太以免讓他看到我撿胸罩——

「模仿歸模仿，那東西並不是護膝吧。」

「————」

——就要撿起來時，我的動作停住了。

……從背後能感受到他銳利的視線。

「從質感看來，明顯並不是啊。倒不如說……我認為十之八九就是女性內衣。而且，我原本只是想問為什麼這裡會有女性內衣……呵呵……阿虎，你找的藉口好奇怪喔……」

「…………」

冷汗開始從額頭冒出……我感覺得到。我可以清清楚楚感覺到，背後有個眼神無比邪惡的高中男生。雖然我同時也曉得那是我出於被害妄想的誇大想像，但就算那樣好了，這傢伙是怎麼搞的？明明平時只是個純情遲鈍的少年，為什麼偏偏在這麼不巧的時間點才變得腦袋靈光？

當遊戲畫面正在播放「賠錢貨」被逼急時的高潮戲配樂，我……我就下了重大的決心，還明目張膽地抓起胸罩，轉向他那邊。

「既然穿幫就沒辦法了。沒錯……這是隔壁的美女大學生，碧的貼身衣物！」

「唔咦！」

這次換景太心慌了。他有一絲絲臉紅，還停下玩遊戲的手，朝我看過來。

「你說的……是我沒直接交談過，但偶爾會遇見，氣質很像超凡絕世的千金大美女，跟你認識的那個碧同學嗎？」

「沒錯，這就是她的胸罩。來，你可以仔細看看，景太。」

「我、我才不看！」

冒出青澀反應的景太急忙別開視線。很好……如此一來，省得他對胸罩觀察得太過仔細……也省得被他發現這東西的尺寸實在裝不下碧豐滿的胸部。

我匆匆將胸罩塞進衣櫥後，景太就帶著紅通通的臉慌慌張張地問我：

「可、可是那會出現在這裡……就表示……她跟你……」

「喂喂喂，再問下去……就太不識趣了吧。別逼我說出來啦。」

我搔了搔臉露出難為情的笑容。於是，景太便說著：「是、是喔……」露出有些佩服的模樣。

「……居然可以隨口跟我聊這些……大學生給人的感覺真是成熟……」

「是、是啊，對吧？話雖如此，畢竟這東西是女人的胸罩，剛才我覺得不好意思，忍不住就對你撒謊了。抱歉，景太。」

「是、是喔，原來是這樣。不會啦，觸及這麼隱私的事情，我才要道歉。該怎麼說呢？原本我還以為……事情會扯到『那是幾個男性朋友瞎鬧買的啦～』，然後笑一笑就結束了……沒想到真的演變為成人話題……」

「唔……」

糟了啦！即使要撒謊，明顯是照他那樣講才比較容易在事後輕鬆帶過！我幹嘛把碧拖下水！雖然後悔也來不及了！

不管怎樣，景太並沒有繼續深究內衣的事情，又開始玩遊戲了。終於來到「撇清關係」的場面。將前面出現過的情報做總結，斷然回絕「賠錢貨」的誘惑好讓對方澈底屈服，概括而言只能說這種行為簡直「人渣」的高潮戲。

我茫然地默默看著景太玩遊戲的模樣，並在內心嘆息。

「（這次能用在影片的對話未免太少了吧……看來這次的影片大概要封藏了……）」

唉，即使如此，能撐過胸罩那一關就算不錯了。於是……

『這就是妳的真面目，蠢貨～～！』

『噫噫～～～～～～～～～～！』

在畫面中，超絕倫太郎氣勢洶洶地吼了「賠錢貨」一頓，「賠錢貨」便口吐白沫，昏了過去。

駁倒敵人的遊戲階段大致告一段落後，景太就一邊看著畫面苦笑一邊吐露感想：

「這部作品最初的印象讓我一點也無法投入在主角身上……但實際玩過以後卻發現劇情琢磨得意外有趣耶。沒想到主角面對的『賠錢貨』居然比主角更渣……」

「是啊，這款遊戲在這方面刻劃得很好。實際上，主角從頭到尾就是個小癟三，最後卻挖出了『賠錢貨』黑到不行的背景，結果由小癟三主角將壞事做盡的『賠錢貨』逼到絕路時，就有種莫名痛快的感覺。」

「沒想到這次的『賠錢貨』一直都在盜用公司的錢……」

「在喝酒場合突然拆穿這樣的大惡人也編排得極具意外性，很不錯吧。」

「就是啊。對了對了，說到意外性，這個『賠錢貨』其實是『男性』的部分也相當震撼！連這種誤認性別的情節都能成立，就給人虛構的感覺。畢竟在現實中才沒那麼容易搞錯對方的性別嘛！」

「說、說得對……」

我悄悄轉開目光……這傢伙是故意的嗎？

遊戲畫面顯示〈第一章結束〉，景太就擱下遊戲控制器，帶著純真的笑容繼續說：

「不過，隨後主角意外有氣魄地表示：『我自己倒是覺得男的就男的，無所謂。』也讓我嚇了一大跳。」

「是啊，超絕倫太郎是個認識越深就越讓人覺得不可思議的男主角……」

雖然講出來會劇透，這個男人在最終話靠著驚人的推理能力，再三駁倒其實是史上最強連續殺人魔的美女……到最後更做出抱得美人歸的震驚之舉。緊接在後的則是字幕〈HAPPY END〉……坦白講，第一次玩到這個結局時，我真的懷疑研發團隊腦袋有問題，同時卻又笑了好久。

我一邊收拾遊戲，一邊茫然思考。

就是因為有時候能遇見這種打動人心的作品，我才對電玩——

「就是因為有時候能遇見這種打動人心的作品，電玩才讓人欲罷不能嘛！」

「……咦？」

自己剛才正在想的事情被景太搶先說出來，我不禁朝景太回過頭。

於是……著實純真無邪的他就帶著充滿喜悅的笑容，對我道出了感謝。

「今天一樣要感謝你，霧夜同學！有這樣的時間能跟你一起體驗新的遊戲，我真的覺得好幸福，最近我總是期待得無法自已！」

事情就發生在那一瞬間。

我的胸口……冒出了莫名的疼痛。

「……這、這樣啊，我也是喔，景太。」

我如此對景太回以微笑，然後就假裝是在收拾遊戲，緊緊捂住自己的胸口。

「（這樣的我……像我這種人，有資格被景太用這副笑容對待嗎？像我這樣……為了自己的名譽欺騙他……不僅如此，我還偽裝自己的性別，抱著難保不會在一瞬間毀掉他這份幸福的巨大炸彈……）」

一開始，我認為只要能利用他就好了。

那就跟《灣岸聯誼》的「賠錢貨」一樣。當時的我正是如此。

哪怕景太有女朋友，跟我也沒有關係……反正應該可以隨便敷衍過去，我想得很簡單。

畢竟就事實來說，我跟景太之間什麼曖昧都沒有，就算到現在也沒有改變。理應是這樣才對。

可是……

「（……是嗎……最起碼對我來說……景太已經不是「無所謂的陌生人」了嗎……）」

他的幸福難保不會因我受到莫大傷害，這樣的現狀令我無比恐懼。

因為……他已經是我的朋友了……沒錯，因為，他是我寶貴的朋友，所以……

我將遊戲光碟收到包裝盒，臉色嚴肅地繼續思考。

「（……乾脆向他坦承自己的性別，讓這樣的聚會告終……）」

我雖這麼想，然而這次胸口卻冒出與方才不同的疼痛……還真是任性。因為重視才想保護他……因為重視才不想放手，並不是因為錄實況影片可以利用他。如今……我對於自己可以像這樣跟他在這裡玩遊戲只覺得開心，當中沒有任何一絲邪念。而且從他的立場來說……應該也一樣。

我茫然望著開始準備回家的景太……就這樣，最後還是落得跟平常相同的結論。

「（唉，一言以蔽之，結果就是「事情別穿幫就好」……）」

要讓所有人幸福，只有這條路。雖然變得有點像外遇的藉口，實際上的問題是我們又沒有做虧心事……目前沒有。

「（不對，「目前沒有」是怎樣！往後也不會有啦！）」

「？怎麼了嗎，霧夜同學？你在練習甩頭？」

「沒、沒有啦，沒事。對了，景太，像以往那樣，我也跟你一起出門。」

「啊，好的，我明白了。那我在玄關穿鞋子等你。」

「是、是嗎？不好意思。」

我望著雨野景太快步走向玄關的背影，獨自發出大大的嘆息。

「哎，不管以後要怎麼樣，為了所有人幸福，我還是得盡量將『謊話』瞞到底。」

要對罪惡感囉哩囉嗦地煩惱，等下次再說。從電玩咖的觀點來看，這個狀況的最佳解肯定就是「別穿幫」。和挑戰RTA一樣，縱使要在勝算不大的闖關路線賭一把，假如可以帶來最好的結果便毋須觀望，去挑戰就對了。

雖然現實跟RTA不同，無法重新挑戰就是唯一且最大的問題……

「霧夜同學～你還沒準備好嗎～？」

「啊、噢，抱歉，我馬上過去！」

我停止思考，急忙披上羽絨背心，趕到景太等著的玄關。

「「啊。」」

當我跟景太兩個人結伴來到附近便利商店的停車場時，就相當不湊巧地和正要回家的某個人物碰上了。

「啊，碧……」

由於才剛跟景太扯了莫名其妙的謊，我面對平時都相處自在的氣質飄逸型千金大學生就格外緊張。

還有，碧本身也難得對我繃緊了表情。

「步同學，還有……」

碧將視線轉向我身旁的高中男生。於是，景太面對可算是初次見面的女性……而且聽過我剛才亂掰的謊話（我跟碧疑似有非比尋常的關係），就比平時更僵硬地對碧低頭行禮。

「我我我、我是雨、雨野景太！讀、讀音吹高中二年F班，十七歲！」

「這樣啊，你真客氣。我叫彩家碧，跟霧夜同學一樣是——」

「是、是的，久仰大名！請、請多多指教！」

「這、這樣嗎？彼此彼此。」

話說完以後，兩個人就生硬地握手問候。

我也不自覺地鬆了口氣捂捂胸，但是不一會兒……雨野景太就依然慌張地說出了「不該說」的話。

「呃，那個那個，我從平時就受到阿虎……不對，受到霧、霧夜同學許多照顧……」

「哦……你受了許、許多照顧，是嗎……？」

碧靜靜地瞇起眼，並且開始散發漆黑的氣場……她顯然是在胡思亂想。我大大地嘆了口氣，然後試著對碧辯解：

「不是的，碧，他說的許多照顧，都是指電玩方面……」

話說到這裡，也不知道雨野景太是怎麼想的，突然就搶話似的幫忙打圓場。

「是、是啊，當然了！我沒有做過任何值得擔心的事，請霧夜同學心愛的女友放心！」

「……啥？步同學的……女、女友……？咦，你到底在說什麼……」

碧一頭霧水地愣住了。景太看了她那種反應就不解地歪過頭……這下糟了。

我連忙抓住碧的肩膀……把她摟到身邊，還讓景太見識我們貼在一起的模樣，並粉飾：

「哈哈、哈……碧真是容易害羞，受不了！」

「欸，步同學！」

碧頓時眼睛直打轉，臉頰還嚴重泛紅。唔，雖然我不太清楚狀況，但她的反應很好，簡直像真的鍾情於我的女生。

我緊緊摟著碧的肩膀，告訴景太：

「所以嘍，不好意思，景太。我跟碧要順路去一趟超商再回家，就先在這裡解散了。」

「啊，也對。那就謝謝你今天同樣跟我分享了愉快的時光。彩家同學也是，再見。」

「咦？啊，好的，再見……」

雨野景太頗有禮貌的態度讓碧呆掉似的回應。我們帶著笑容目送他離去，一邊放低音量迅速交談起來。

「……步同學，我成了妳的女朋友，是嗎？」

「唔……好了啦，關於這件事，之後我再慢慢說明……」

「好吧。反正，我對狀況大致心裡有底。」

不愧是彩家大小姐，生長在連與親戚往來也要玩弄權謀的家庭環境，感性之敏銳果真不同凡響，老是要仰仗她的驚人洞察力。

「哎，簡單扼要地跟妳做個說明，事情就是我發現那傢伙有女朋友了。」

「啥？看吧，不就跟妳說了……」

碧如此嘆了氣，但不知為什麼，她的心情沒有我想像中那麼差……明明都被迫配合我亂掰的謊話了……真是寬宏大量的朋友。我老實地道歉：

「……我沒臉面對妳了。」

「……沒關係喲。反正他誤以為妳是男性，對我來說也有好處。」

「？為什麼？」

「咦？啊，沒有啦，這個嘛……」

碧有些語塞地搔起臉頰。為了問清楚她的意思，我朝她湊近一步——

「咦～～？人已經不見了。真是奇怪耶～～……」

——正當我想追問的那瞬間，旁邊突然傳來女生用大音量自言自語的聲音。

我們倆疑惑地將視線轉過去，就發現……眼前有個跟這塊鄉下地方不太相襯，給人脫俗印象的高中女生。

她似乎正在找朋友，還東張西望地朝四周看了一圈……哎，無論怎麼想，好像都不會跟我們有關係。

我跟碧對看了一下，然後就不再閒聊，並沒有多介意那個女生，再次朝便利商店走——

「可是，人家好像有在這邊看見雨雨啊～」

——正要走去的時候，我們倆好像聽見了不容忽略的「暱稱」，腳步就停住了。

於是，那個高中女生疑似眼尖地注意到我們的反應，就極為輕鬆地說：「呃，不好意思～」向我們搭話。

「——什、什麼事？」

我們有些緊張地回過頭。接著，她用跟辣妹外表不太搭調，而且意外有禮貌的語氣向我們提出問題。

「不好意思，突然叫住兩位。人家剛才好像有在這附近看見亞玖璃的手下……不對，呃～是、是朋友，請問一下，兩位該不會跟他認識吧？」

「呃……妳問的朋友是指……」

「他叫作雨雨……不對，呃，他的名字叫雨野景太。」

「——！」

我和碧頓時心驚地緊張起來。而我……則對這個似乎叫「亞玖璃」的高中女生表示：

「啊，妳稍等一下喔。」接著就跟碧一塊轉過身，用超低音量&超快速度商量：

「（剛才講到人就出現了！她就是那傢伙的女友吧？是女友對吧？）」

「（請、請冷靜下來，步同學。這個女生剛才說過，她跟雨野小弟是朋友……）」

「（景太有這麼可愛的女性朋友還得了！那傢伙可是落單族耶！）」

「（妳怎麼將雨野小弟看得這麼扁啊？實際上，他就是有女朋友啊。）」

「（所以這個女生絕對就是傳聞中的女友啦！這麼可愛！她長得超可愛的！）」

「（…………………哦～～……）」

「（妳怎麼突然壞了心情？不扯這些了，既然她是景太的女友……）」

「（爭風吃醋的場面立刻要來了呢。活該。）」

「（現在不是故作從容的時候啦，碧！以我們兩個來講，妳的外表還比較像會勾引年紀小的高中男生！先被捅刀的或許是妳耶！）」

「（連累人也要有限度！那是怎麼從外表判斷出來的！我才沒有——）」

「（總之，我們得設法撐過這個場面！）」

「（唉……我明白了。幫妳就行了吧，幫就幫嘍。）」

我跟碧結束超高速密談以後就轉身面對她……然後，兩個人一起帶著笑容開口：

「不、不曉得耶，雨野景太？我不認識叫這種名字的男生啦……嗯。」

「我、我也沒聽過呢。剛才確實有個高中男生在這附近就是了……不過，他跟我們並沒有互相認識喲。」

面對我跟碧的謊話，她……顯得沒有多介意地說：「這樣啊！」很坦然就聽進去了。

「總覺得很不好意思，打聽這種奇怪的問題。」

「啊，不會不會，這沒有什麼。」

我帶著笑容一面回話……一面還裝作若無其事，反過來問更進一步的問題。

「呃，話說那個高中男生，是妳的……男朋友或什麼的嗎？」

「咦？」

辣妹高中生頓時愣住了。她呆掉一會兒後……不知道為什麼就打從心裡感到有趣似的突然哈哈大笑起來。

「居、居然說雨雨是人家的男朋友……！啊哈哈，糟、糟糕，太離譜了，好好笑！不不不，那絕對不可能啦！人家的男朋友，才不是那種遜砲的噁心阿宅！說雨雨是人家的男朋友……呵呵呵，糟糕，光想像就戳中笑點了……！……咯咯咯！」

「「（反倒顯得他們感情超要好！）」」

這是什麼感受？當事人否定了，聽起來也完全不像在說謊，可是，那反而讓人覺得他們非常親密。這是怎樣？什麼情況啊？女友的嫌疑，這下要怎麼辦？問過以後好像讓謎團變得更深了！

我跟碧絲毫無法想像這個叫「亞玖璃」的女生和「雨野景太」有什麼關係而僵在原地，而她笑完以後就輕輕擦掉眼角泛出的眼淚。

「「（那、那是笑過頭的眼淚吧？對吧？）」」

一旦起了疑心，任何細節看在眼裡都會覺得意義深遠。對方總不會暗自把我們當成男友的外遇對象，才忍不住哭出來吧？不會吧？

當我跟碧都僵著不動，這位女友就說：「也差不多了。」並且轉身背向我們。

「那麼，人家要走了喔。總覺得問了一些奇怪的問題，真是對不起。」

「咦？是、是嗎？沒關係，沒關係。」

我態度生硬地揮手，碧也在旁邊跟著揮手。亞玖璃則是露出極為淡然的笑容。

「（總、總之……我跟景太的關係好像是免於曝光了，對吧？）」

先不管她跟景太是什麼關係，感覺這次接觸本身是可以安然度過了。

當我跟碧安心地捂著胸口目送亞玖璃時，她在途中……帶著笑容轉向我們這邊，俏皮地吐了吐舌頭，最後還告訴我們：

「就是嘛！憑雨雨那樣，怎麼可能跟這麼漂亮的『兩位美女』認識！是人家失禮了！告辭告辭！」

「「……………」」

我跟碧帶著笑容揮手，並沉默了片刻。

……

……奇怪，剛才她在離去之際，好像講了什麼不得了的話……

……

…………………………………!

於是，我們在她完全離開以後望向彼此的臉。

儘管兩個人都臉色慘綠……卻還是忍不住用全力喊出來。

「「我（步同學）是女性這件事，這麼容易就被看穿了！」」

擁有一眼就能看穿我性別的眼力，還跟雨野景太疑似關係不尋常的神祕辣妹高中生——

「亞玖璃」。

——我們的實況生活又多添了一顆特大號地雷。

〈距離雨野景太的交往對象踏進霧夜步的公寓——還有五個月。〉

「這次要讓自雷也玩的是這個！開放世界型遊戲的傑作《無限時空》！」

「……喔，這樣啊。」

與我情緒高漲的遊戲實況開場白呈對比，自雷也亦即雨野景太在電暖桌上托著腮幫子，極為懶散地回了話。從他隨隨便便用單手撥弄遊戲控制器的模樣，也感受不到任何玩遊戲的意願。

十二月上旬。除了電暖桌之外，終於連充油式電暖爐也開始加入運作，在霧夜步住的公寓，這是雨野景太從教育旅行歸來後第一次錄遊戲實況影片（景太本人至今仍以為這只是「遊戲試玩會」），然而……

我看著景太那明顯感覺不到幹勁的模樣，大大地嘆息。

「（原本這傢伙今天來到我家時，情緒便莫名低落……連實際面對遊戲畫面都這樣的話，症狀就越發嚴重了。）」

我無奈地聳聳肩，然後悄悄地操作電腦，將實況錄音中的麥克風設成靜音。

「（這樣子，根本錄不到優質的實況影片……）」

實際上，沒有比實況主心情莫名糟糕而品質粗糙的影片更令人看得不愉快的了。觀眾並不是想看那樣的東西才播放影片的。話雖如此……不曉得我在錄影的景太並無罪過，這是我該付出關懷的場面，要先替景太打氣才可以………………當然，並不只是為了實況，身為他的朋友，這也是我該做的。

我將自己坐的電腦椅從電視螢幕轉到景太的方向，然後一口飲盡微糖罐裝咖啡，朝他問了一句。

「怎麼了嗎，景太？是不是肚子痛？看你好像也沒有喝罐裝咖啡……」

「啊，對不起。」

他回神似的先擱下遊戲控制器，拿起自己那罐尚未打開的咖啡，心不在焉地在手裡把玩起來……看來症狀似乎相當嚴重。

他大大地嘆了一口氣，然後轉向我這邊重新坐好。

「對不起……難得來打擾卻弄成這樣。」

「呃，我沒有生你的氣啦。只不過，做任何事情都一樣……所謂的娛樂，在提不起勁時就不用勉強自己去碰吧？」

「這……說得也是……對不起，剛才，我對電玩也失去禮數了。」

他緊緊握住罐裝咖啡，然後重新看向我的眼睛，又繼續說：

「所以嘍，為了讓我把窩囊的情緒一掃而空，霧夜大哥，看在你是閱歷豐富的大學生，我有煩惱想找你商量……」

「好、好啊，有問題儘管問。身為年長者，我有問必答。」

哎，正確來說是讀大學的「大姊」才對。這部分應該沒有影響吧，嗯。

我拍了自己單薄的胸脯，催景太把事情說出來商量。於是他咳了一聲清嗓，然後端正姿勢說：「那麼……」對我……提出了要問的問題。

「關於跟前女友的相處方式，你有什麼看法呢？」

「居然來了個現充到爆炸的問題。」

未免超出我的負荷太多了。從以往到現在，我霧夜步本來就沒有跟異性交往過，當然就不曾有過所謂的「前女友」……倒不如說，在談這個問題之前，我的身與心都是女性，連要憑空幻想出「前女友」都有困難。

我額頭冒汗，先對景太試探：

「呃……那、那是什麼性質的問題？比方說，是朋友遇到的事情嗎？或者說，該不會是你本人的問題吧，景太？」

「咦？啊～～……要說的話，也可以算朋友遇到的事情啦……」

景太有些猶疑地低喃以後，就搔著臉頰回答：

「呃，因為事情滿複雜的，請讓我省略細節，對不起。」

「不會啦，我是無所謂……」

儘管我如此回話，心裡卻暗自擔憂：總不會是因為我，害景太跟女友分手了。哎……從他的態度來看，感覺倒也不像……

景太又急迫似的繼續說：

「總、總之，霧夜同學，應該說，目前我個人只是想向你做個有關『前女友』的問卷調查。是的，假如能聽你分享面對『前女友』該用什麼立場，對我會有很大的參考價值。」

「呃，不是啦，說到這個嘛……」

糟糕，現在是怎樣？我想都沒想過人生中居然有機會被問到「面對前女友的立場」。

可是以往我都擺著長輩的架勢，事到如今才說「其實我沒有交往經驗」，面子會掛不住。最起碼，要是能多找一個人來陪景太商量——

——等等，呃，我想到了！現在這個時間，反正那傢伙閒著也是閒著……

「等、等我一下，景太！我現在就帶幫手過來！有個不錯的幫手！」

我一說完就無視疑惑的景太，使勁從電腦椅下來。

接著大約三分鐘以後——

「………這是什麼情況？」

在我家客廳，有個突然從鄰室被找來而顯得十分不悅的千金大學生——彩家碧，大駕光臨了。

目前是下午五點。她從大學回到家，原本好像正在自己房間風雅地沉溺於略晚的「一人專用下午茶時間」。多虧如此，頭髮亂蓬蓬的，還帶著一副嘴唇上沾有巧克力的尊容。

我只好指了指自己的嘴唇給她看，她才回神說：「失陪。」然後擅自衝進我家的盥洗間。於是不知道怎麼弄的，只過了短短三十秒……

「讓兩位久等了。哎呀，雨野景太小弟，久違呢。喜見你安好。」

一如往常……不，完美程度更勝往常的「千金美女彩家碧」就散發著亂燦爛的光芒回來了。

「（……總覺得這傢伙在景太面前都會刻意表現出「高人一等」的感覺耶……）」

難道她跟我一樣，想對他擺出長輩的風範？

實際上，景太便是一副被嚇住的模樣，支支吾吾地勉強回了句問候。

「好、好久不見，彩家同學。呃……總覺得很抱歉，讓妳為了我過來這裡……」

「？什麼？你剛才說……為了你？」

碧在這時歪過頭。這麼說來，我還沒向碧解釋把她帶來房間的緣故。

我簡單明快地告訴碧我之前跟景太的互動，但即使如此，碧好像還是完全不開竅。

「狀況我大致明白了，不過，那又為什麼要找我過來？」

景太對這個疑問似乎也有同感，當他也不解似的望著我時……我便挺胸回答：

「呃，碧給人的感覺，本來就很像『前女友』不是嗎？該說是長得一副情婦臉嗎？」

「小心我到最後掐死妳。」

碧青筋暴跳地抗議。我則是一邊苦笑著應付，一邊又說：

「所以，有『前女友』形象的妳覺得如何？妳希望男方用什麼方式對待妳？」

「呃，我才不曉得呢。畢竟我又沒有跟男士交往的經驗。」

「「咦？」」

「你們倆是怎樣，擺那種意外的表情？真抱歉喔，反正我長得一副不上不下的臉，就是適合當幫忙暖場的不幸女配角啦！」

碧交抱雙臂，鼓起腮幫子把頭一轉，露出鬧脾氣的模樣，我只能面帶苦笑。然而……景太卻怯生生地問了一句。

「呃，彩家同學，妳剛才是說……沒有交往的經驗？」

「?是啊,何止沒交往經驗,我跟男士半點緣分都沒有。雖然我長得一副情婦臉。」

碧依然鬧脾氣似的答話。於是,景太就……一臉不解地歪過頭。

「咦?可是那個,霧夜同學和彩家同學,目前不是在交往嗎……」

「「!」」

剎那間,我跟碧同時想起了「那個設定」,才警覺地四目交會。

慘了,我完全忘記這回事啦。對對對,記得是上次……為了平撫我的女性內衣風波,最後就對他扯了那樣的謊。由於景太隔了一段時間才來商量令人意外的問題,我把那時候的事都忘光光了。

碧眼神飄忽地急著粉飾:

「這個嘛……那、那是因為對我來說,跟步同學的交往關係還算不上認真的交往……」

「好、好成熟喔!完全是我無法想像的領域!」

景太顯得莫名興奮地亮起眼睛……抱歉啦,景太。其實那樣的戀愛對我還有碧來說,都屬於無法想像的領域。

我瞟向碧,跟她用眼神對話。

「（妳這樣隨便亂掰……我可不管喔。）」

「（什、什麼話嘛。原本就是因為步同學妳要說謊——）」

是的，當碧怨怨地朝我瞪回來的時候——

正如所料——景太就純真無邪地對碧提出了……殘酷的問題。

「那我更期待戀愛大師彩家同學會怎麼回答了呢！」

「咦咦咦咦咦咦咦咦咦咦！」

碧的臉上逐漸失去血色。這何止是自爆，而是大自爆。碧含著眼淚向我求救，我則是一副「誰理妳」地轉開視線。或許原本是我招來的麻煩……但這次總該是她自己播的種吧。

景太依然用小狗般的眼神往上望著碧。

「彩家同學！怎麼樣呢！前男友該擺出什麼樣的態度，才能博取妳的好感！請務必指點我！拜託妳了！」

「何、何必拜託我呢……」

良家閨秀眼裡含著淚光……怎麼樣，碧，這下妳知道了吧？這就是……這正是自以為精通戀愛的人所要墮入的地獄。歡迎來到同一方陣線。

碧畏畏縮縮地獨自環顧四周。然而，我霧夜步的房間是公認的簡潔樸素，擺設實在單調，根本找不到話題讓她開溜——

地方。

「啊，這、這款遊戲！其、其實我一直很好奇呢～～！」

「「咦？」」

——突然間，碧推開我們走進房裡，坐到景太方才的位置，也就是面對電視螢幕的那塊地方。

接著她呼吸急促，意氣風發地拿起遊戲控制器。

「所、所以嘍，請讓我玩一下這款遊戲！是的，這樣才好！畢竟……我本來就對這種遊戲沒有抗拒力！」

「「…………」」

——千金小姐上下顛倒地拿著控制器，一邊瞎說些什麼。

「哎唷喂呀～～」我不禁捂住眼睛……不忍心看下去。我從來沒看過有人在「轉移話題」這方面失敗成這樣。

這麼一來，終於完全沒戲唱了。或許是時候向景太招認我們編造的所有有關戀愛的謊言了。要跟著全盤托出我錄實況影片的事情，或許也是個好機會……

是的，就在我即將認命的時候——

景太他——有了意外的反應。

「好……好厲害！這……這就是真正會玩開放世界型遊戲的高手的境界，對不對！」

「「啥？」」

我們啞口無言。可是，景太一個人興奮地湊到碧旁邊繼續說：

「遊戲控制器故意拿反的遊玩風格，我是第一次見識到耶！」

「咦？」

直到這時候，碧似乎才發現自己拿控制器的方式有錯……啊，她滿臉通紅地開始微微顫抖了。這是怎樣，好可愛。就我所知，這是史上最可愛的碧，同時也是最可悲的。可悲得像是被獅子咬住了脖子，還被叼著走的兔子。

景太卻沒有發現碧的那副模樣，自顧自地繼續說：

「不過，原來彩家同學也喜歡電玩啊！就是嘛！要不然，像彩家同學這樣光鮮亮麗的千金小姐，怎麼會跟霧夜同學這種眼神凶狠，還有輕微中二病症狀又脾氣彆扭的落單大學生親近呢！」

「喂。」

景太根本沒注意到我冷冷吐槽的聲音，依舊非常興奮……彷彿已經將方才要商量的事情忘得一乾二淨，又繼續說：

「既然這樣，霧夜同學！今天不如就讓彩家同學玩這款遊戲吧！」

「「咦?」」

事態有了意外的演變,一瞬間讓我們陷入心慌,停下動作。然而……就在隨後,我跟碧迅速交換眼神,然後帶著下定決心的臉對彼此點頭,也以笑容對景太豎起大拇指。

「「不、不錯耶!」」

這時候,我倆的心合而為一了……沒錯,就算這表示——

〈電玩初學者要反著拿控制器把遊戲玩得像高手一樣〉。

碧將會跳進這種再怎麼為難新手也該有限度的地獄裡頭。

即使如此……即使如此,這還是比「裝成大師談感情」像樣一百倍!

實際上,無男友經歷=年齡的兩名古怪大學女生,面對在感情方面大概比自己超前好幾步的現充高中男生,要對一無所知的戀愛侃侃而談……那樣的畫面實在太煎熬,我光想就快要吐了。

既然如此,讓碧這個電玩初學者倒著拿控制器假裝高手還比較好。雖然說……正常來想,這也一樣夠折磨人的。

因此我們立刻採取動作,重新開始玩遊戲。當景太猶豫要坐哪裡時,保險起見,我就先眼明手快地開啟電腦錄影。

「（說不定錄起來會意外有趣……）」

對電玩一竅不通的千金大小姐倒著拿控制器挑戰將開放世界型遊戲「玩得像高手」——

嗯，滿吸睛的實況企劃案。雖然不合我的作風。

我關掉電腦螢幕以免錄影穿幫，然後回過頭。這時候，景太有些忸忸怩怩地朝我看了過來……照平常的座位，景太要坐到碧旁邊，但是在心理上，他似乎仍有些客氣。

「景太，那你今天坐電腦桌這邊，我到碧的旁邊。」

說完我就坐進電暖桌跟碧貼在一起。當景太拿著自己的罐裝咖啡坐到距離較遠的電腦桌邊時，碧便趁機用只有我能聽見的音量低聲說：

「（步同學，演變成這樣，莫非……我不能把遊戲控制器改回正常的拿法？）」

「（完全正確。而且照這樣，妳還要對雨野景太秀一下可比高手的遊戲技術。）」

「（明明我是幾乎沒碰過電玩遊戲這東西的初學者？）」

「（沒錯。順帶一提，這個謊話要是穿幫，連帶我們撒的其他謊還有打腫臉充胖子的事跡也大有可能穿幫。假如事情進一步牽扯到我的性別，最糟的情況下甚至會驚動警方。）」

「（……我在人生中第一次體認到這麼強烈的「卡關」感。）」

「（碧，我告訴妳，跟雨野景太……跟這個少年扯上關係，就是這麼一回事。）」

「（雨野景太簡直可以當成瘟神了嘛！）」

碧含淚向我抗議。哎，正是如此，不過從影片點閱數的觀點來看，祂也是相當靈驗的神明，因此也不能一概稱為陰神。和座敷童子一樣，只要對待方式沒弄錯就是有益的……儘管我們現在正面臨驚人危機。

「呃，差不多可以開始了嗎，兩位？」

神明望著至今仍停在標題畫面的電視，催我們玩遊戲。

我跟碧對彼此點了點頭……然後戰戰兢兢地決定開始玩了。

我低聲對碧下指示，要她按控制器上的圈圈鈕。

「（摸了就會，〇按下去吧，碧。）」

「（摸了……就會……圈按下去……？）」

千金小姐俏皮地微微偏過頭問我。隨後，她看似有所領會地確認自己那件針織衫的左邊下襬，還嘀咕「原來如此」……接著不知道為什麼，遊戲控制器就被她擱到桌上了。

「「？」」

當我和景太都感到不解時，碧緩緩地站起身，一面揪住針織衫的左邊下襬一面大口吸氣。於是在下個瞬間——

——她突然朝著畫面用渾身力氣使出伴隨吆喝聲的左正拳！

「喝～～～！」

「…………」「…………」

當我跟景太都啞口無言時……碧又一次調適呼吸，然後閉上眼睛。當謎樣的嚴肅氣氛充斥於房間……下一刻，她便猛然睜眼，喊道：

「下、下去！」

剎那間，從她伸出的左拳——針織衫的左邊下襬，有塊圓型的牡丹刺繡露了出來。

……喔喔……原來如此，揮拳喊下去。「摸了就揮拳喊下去」是嗎？真是敗給她了。

「…………」「…………」

——什麼鬼啦。咦，現在是怎樣？這年頭，還有人對電玩一竅不通到這種地步嗎？誇張成這樣，已經不是什麼初學者的問題了吧？正常來想，可以算奇特舉動了吧？

我臉色發青，同時也瞄了景太一眼，窺探他的反應。至於他則是眼神認真地望著碧，還咕嚕一聲吞了口水。

「不、不行……太高端了，我的理解能力完全跟不上……！在我……在我眼裡看來，只覺得是千金小姐做出了奇特的舉動而已！」

「我想也是！」

你的感想完全正確啦！看待事物有精確的眼光！可是這傢伙到最後卻沒有懷疑碧，還轉而懷疑自己，由此可以看出他有多憨厚，或者說有多好騙。

我決定趁機幫碧打圓場。

「哎、哎呀，不過在體育界也是一樣，一旦到了超高水準的領域，有些注重討吉利，乍看之下像是奇特舉動的『例行儀式』就會變重要了。」

「！原、原來如此！例行儀式啊……好、好深奧喔……」

雨野景太如此低喃。真是傻瓜。這傢伙明明腦袋並沒有多差，卻是個傻瓜。

接著我輕輕伸出手，放到至今仍看著尚未結束的標題畫面，還依然挺出左拳的碧的肩膀上……她在微微發抖。

「（碧……再怎麼說，我想妳應該也隱約察覺到自己目前處在什麼狀況了。）」

「（…………是啊……）」

碧含著眼淚滿臉通紅。我讓她坐回原本的位置，以免被景太看見那副表情，同時再一次把上下顛倒的遊戲控制器遞給她。

「（來，用左手的大拇指按下這裡，○標記的按鈕。懂嗎？）」

「（嗚嗚，對不起喔，步同學……）」

碧顯得完全失去氣力，並照著指示按下按鈕。就這樣連續按了幾次○鈕，才設法讓遊戲推進到開頭影片的場景。不過……問題在於接下來。

我瞄了一眼旁邊的狀況……碧只是按了幾次○鈕就已經累得喘個不停。她似乎是被緊張感壓垮了。

「（這下子……真的得施點手段才行。）」

即使說是電玩初學者，只要懂得拿起控制器隨便操作，有我在旁邊打圓場或亂掰一些解說詞大概就能混過去——我本來是打著這樣的如意算盤……不過照這樣看來，似乎連這也行不通。碧的心靈會先垮掉。

我拚命思考，有沒有什麼好辦法……

這時，我忽然注意到另一個擺在電暖桌上的無線控制器。

剎那間——霧夜步接到了神諭！

我很快就決定把這個「惡魔般的策略」告訴碧。

「（碧，趁景太不注意……將妳現在拿的控制器偷偷遞給我。）」

「（咦？可以是可以……不過那樣的話，我手上就會空下來……）」

「（是啊。所以妳要在同一時間，迅速將那個2P用的控制器弄到手裡，然後跟現在一模一樣地倒著拿！）」

「（！咦，那不就等於……！）」

碧總算完全領會似的警覺過來。沒錯……簡單來說，這項策略的全貌便是如此。

「（沒錯，由我在電暖桌底下……代替碧操作遊戲！）」

簡直就是惡魔想出的主意，在動用電暖桌的季節才可能實現的奇蹟般手法！

這麼一來，身為初學者的碧就用不著倒拿控制器表演高超技巧，也幾乎不會對她造成負擔。

我跟碧彼此點點頭以後便立刻展開行動。先由碧伺機找出景太的空檔……確定他正緊盯著電視畫面，然後立刻將主控制器遞給我。同一時間，她更是手腳迅速……而且不出聲響地將另一個控制器弄到手裡倒著拿。

至於我，也神不知鬼不覺地將遞過來的主控制器藏到電暖桌裡面，當然不是倒著拿，而是用正規的方式穩穩地握在手裡。

最後，我們倆一塊確認景太目前的狀況。再說到他那邊……

「哎呀～～最近的遊戲在圖像方面真是驚人耶。」

景太嘴裡仍說著凡庸至極的感想，還愣在那裡。策略成功！

我跟碧對彼此笑了笑。於是就在東摸西摸之間，遊戲片頭即將結束了。我簡短地將之後的方針告訴碧。

「（碧，我要妳假裝自己在操控，但是控制器上的鈕不用按得太勤快。跟角色的實際動作有出入會害事情穿幫。）」

「（我、我明白了。我不會做多餘的事情。）」

碧說著還是倒著拿控制器，並一臉認真地凝視畫面。

好……靠這個方案，感覺可以順利混過去。接下來……只要我努力操控就行。

「啊，好像快開始了耶，彩家同學。」

「是、是啊……」

如景太所說，遊戲片頭告終，兼做操作教學的探索洞窟關卡終於要開始了。

我吐了一口氣……然後開始操控。玩家角色逐步前進。剎那間，景太興奮得喊出聲音！

「哇噢！好厲害！簡直像是用正常方式在操控的順暢動作！」

那還用說，我就是用正常方式在操控嘛。

這時候，景太自然而然地想探頭望向碧的手邊。我連忙使勁用身體遮著她手的動作，一面製造死角一面對景太提出警告：

「哎呀，景太，你這樣……嗯，會不會有失禮貌？」

「咦，你說……禮貌嗎？」

「對、對啊。這可是一流玩家的獨門操控方式，已經可以視為一種智慧財產了。」

「智、智慧財產！」

景太感到詫異……別擔心，景太，我自己講完也很詫異。

我又繼續說：

「所以嘍，你別盯著碧手邊的動作。是吧，碧？」

我開口徵求附和，碧就生硬地點了頭。

「是、是的……沒沒、沒有錯。若你能配合就太好了。」

「這樣啊……真是遺憾。」

雨野景太消沉地垂下肩膀。唉……身為電玩咖，難免會對高手上下顛倒拿控制器的運指技術有興趣，這我能理解。

碧隨意地安慰沮喪的他：

「呃……請不要那麼失望。你、你想嘛，我在上下顛倒的狀態下所使用的指法，其實是相當駭人又容易引起不適的喔。」

「會、會引起不適嗎？」

「是啊，那可嚴重了。關節脫落的指頭扭成一團亂，看了會想吐。」

「怎麼會有那種一腳踏進克蘇魯神話領域的操控技術！我、我更想看了耶！碧同學，麻、麻煩還是讓我觀摩一下……」

「雨、雨野景太小弟！」

「我、我在！」

這時候，碧就「呵」地對景太露出了酷勁十足的微笑。

「……當你窺探深淵時，深淵同樣也在窺探你喔……」

「好……好有深度！對不起，彩家同學！我好像太小看這件事了！請妳繼續遊戲！是的，我絕對不會看妳的手指！」

「你明白就好。」

碧笑著轉回去看畫面……這傢伙，居然玩開了耶。

我對兩人的互動感到傻眼，繼續在電暖桌下操作。

基本上，我霧夜步玩遊戲的技術還算不錯，但是……當然稱不上什麼絕頂高手。目前還在教學關卡，因此欠缺可以「秀炫技」的地方，也就沒有露出馬腳，不過再玩五分鐘，冒險便正式開始，屆時就得展現絕頂技巧才行了。

碧似乎也隱約感受到我的緊張，就看著畫面倒抽一口氣。在這塊空間，只有雨野景太十分愉快地邊哼歌邊注視遊戲畫面……老實講，我很想扁他，雖然他好像沒有任何罪過。

這時候，他突然想起似的拉開自己那罐咖啡的易開環，咕嚕喝了一口。由於遊戲進入不需要操控的過場劇情，我有眼無心地將視線放在他的舉動上……他便注意到了這一點，還隨口向我提議：

「啊，霧夜同學，要不要喝一口？雖然已經不冰了。」

「好啊，那我跟你分一口——」

輕鬆回話到一半的我感受到驚人寒意，就連忙將視線轉向旁邊。在我眼前的……是臉上浮現厲鬼般神色的千金大小姐。

「步、步同學？分、分一口雨野小弟喝過的飲料，會不會有欠適宜呢？」

「？有欠適宜？」

但我不太明白碧在提醒什麼。景太也顯得有些一頭霧水，還幫著我說話：

「啊，沒有啦，彩家同學，這罐咖啡原本就是霧夜同學家的東西，所以他完全不用跟我客氣，想喝就可以拿去。」

「不是的，問、問題不在那裡，雨野小弟。」

「？呃，那麼，妳是指什麼呢？」

「要說是什麼……呃……因為……」

碧瞥向我和罐裝咖啡，並支支吾吾地低下頭。下個瞬間……她就含著眼淚狠狠瞪我，用只有我能聽見的低音量提醒：

「（這、這樣會間接接吻不是嗎！步同學，妳是怎麼想的啊！）」

「（？可是我在大學，偶爾也會跟妳分一口飲料吧？）」

「（跟、跟我分就沒有關係，跟我的話！）」

「（為什麼？）」

「（還、還問為什麼……！呃……對、對了，因為我們是同性！）」

「（同性？啊，那沒問題。反正，我跟景太也差不多啦。）」

「（咦！不是啦，欸，步同——）」

碧還在旁邊囉哩叭嗦地抗議，但我單純想喝個咖啡，理都不理就準備接下景太手中的飲料罐——

——就在此時，遊戲的過場劇情結束了。

「「啊。」」

我跟碧的聲音重疊在一起。目前畫面上，神祕的大群敵人正要對主角展開襲擊……這表示立刻就得進行劇烈的操控。

總之，先回去就位的碧忙著動手「假裝」在玩遊戲。同時，我也趕著在電暖桌底下操控，用控制器指揮主角——

「？霧夜同學，怎麼了？請你快點接下這罐咖啡。」

「唔咦！呃，不用啦，你看……現在遊戲正玩到……」

「？對啊，彩家同學正在奮戰，技術實在高超。不過她玩她的……霧夜同學，你還是可以喝咖啡嘛。拿去啦，趕快把手從電暖桌底下伸出來……」

景太說著就越逼越近。我看這傢伙早就識破了，才故意這樣鬧我的吧！即使是出於巧合，他也未免太有作弄人的天分了！

我在電暖桌底下拚命操控遊戲，並設法向他推辭。

「呃，那個……嗯，我看還是不用了。咖啡我剛才有喝過。」

「不不不，請不用客氣。這是你自己家裡的東西啊。」

好難纏！你到底想怎樣啦！

「最、最近我發胖了。雖說是微糖飲料，還是別喝太多……」

「不不不，你簡直太苗條了！反而要胖一點才好！」

「那我之後再喝！好了啦，現在我想看碧玩遊戲……」

「不，這樣的話，請你現在當著我眼前喝下去！」

「幹嘛這樣！」

「我是道地的長男脾氣！一旦決定把東西『給別人』，沒有實際交出去的話，我就不能罷休！」

「誰管你！」

什麼跟什麼啦，這傢伙有夠麻煩！可是這種阻礙似乎對我玩遊戲有了正面的影響，操作起來前所未有地順。我將不斷出現的敵人接連爆頭擊殺，表現堪稱頂級高手。

對此，有長男脾氣的傢伙也難免緊盯畫面，「噢噢」地發出讚嘆……我鐵了心認為只能一鼓作氣拚過去，便在幾秒鐘之內直接用高超技術清光整群敵人，接著……

「那就拿來吧，咖啡！」

「咦？啊，好的。」

……趁著下一段過場影片切入的空檔，我迅速把景太那罐咖啡抓到手裡，只喝一口就還回去了。

「啊。」

碧發出不滿似的聲音……但我沒有理她，然後就再度專注於遊戲畫面了。

*

「哎呀～～彩家同學，妳好厲害！」

當我累得精疲力盡時，景太一邊準備回家一邊對碧投以不知已經是第幾次的讚賞之詞。相對地，碧則是含蓄地微笑表示：「不會，過獎了。」那謙虛的態度讓景太心服口服，就更加大力稱讚，落入了莫名的循環。

景太要扣上大衣的鈕釦，總得安靜一會兒，碧就在這時候湊過來低聲說道：

「步同學，妳之所以會對姑且算男性的他毫無戒心到令人訝異的地步，我今天稍微能理解其中的理由了。他……是個純真的好孩子。」

「對吧？雨野景太這傢伙就是這副調調，談不上什麼異性啦。」

我帶著有些得意的臉色回話以後，碧就點頭附和「是啊」，卻又馬上收斂表情繼續說：

「某方面來說，原本只需要對性方面擔心或許還比較好一點……」

「咦？」

碧看著努力扣上大衣鈕釦的景太，發出令人費解的嘀咕。

她大大地嘆了口氣，然後輕輕把手擺到我肩上警告：

「不可以喔，步同學，別陷得太深。」

「？妳在說什麼？叫我別獨占景太太久嗎？不過妳想嘛，那傢伙最近似乎跟女朋友分手啦。這樣我們需要擔心的事情不就少了一件？」

我做出正當至極的結論……可是不知道為什麼，碧卻帶著嚴厲的視線回話：

「步同學，像妳現在隨口就能講出這麼不經心的話，我想已經充分踏進危險領域了。」

她那種態度讓我有點氣惱。

「碧，所以妳是在說什麼？這種兜圈子的講話方式，我可不喜歡。」

「兜圈子的講話方式？我嗎？哈，那反而是在說妳自己——」

當口角就要變激烈時，我發現景太正盯著我們這裡。

我跟碧連忙粉飾。

「沒、沒事的啦，景太。我們只是針對晚餐吃什麼起了一點爭執。」

「對、對呀。你想嘛，步同學就是偏食。」

「噢，原來是這樣啊。的確，霧夜同學感覺有點不健康。」

於是景太苦笑以後就莫名其妙地走到碧前面，對她微微笑了笑。

「也許妳會說自己不是認真的，即使如此，有彩家同學這樣『賢慧的女朋友』，我覺得是霧夜同學上輩子修來的福氣。」

「啊唔！」

不知道為什麼，一瞬間碧差點昏了過去。搞什麼搞什麼？

她勉強站穩腳步以後就莫名其妙地……忽然牽起景太的手，眼裡炯炯發亮地告訴他：

「你、你真的……真的是個好孩子！下次我們再一起玩吧，務必！」

「什、什麼？謝、謝謝妳喔。」

景太稍微被嚇到卻還是如此回應……這一段互動是怎樣？

經過剛才那樣，我總覺得先前和碧吵架的事情無所謂了。碧似乎也是如此。

我們三個一起走到玄關，等碧從自己房間拿了大衣過來以後，就跟平常一樣離開公寓兼送景太回家。

沙沙作響地踏過積雪，走在路上。

「已經十二月了啊～」

碧用單手拉緊大衣前襟，一邊自言自語似的嘀咕。白茫氣息逐漸溶於傍晚的街容。

當便利商店出現在不遠處，我忽然想起上次曾在那邊遇見一個叫「亞玖璃」的女生。

「（結果……景太的交往對象就是她嗎？）」

儘管亞玖璃本人表示「不可能」予以否認，老實說，感覺他們還是很親暱。

……一旦開始思考，我就在意得不得了。

有句話說庸人自擾之，即使如此，我還是忍不住……對景太問出口。

「呃，我說啊……景太。」

「是的，有什麼事，霧夜同學？」

景太面朝前方，別無用意地回應我。當碧有所領悟地看過來時，我……就吞了一次口水，然後提出那個疑問。

「你今天……有提到『分手』的女性……那個女生，是不是叫亞玖璃？」

聽了我的疑問，景太睜大眼睛……然後頻頻點頭回答我：

「啊，是的！要說的話，是這樣沒錯。亞玖璃同學分手了喔。」

「「（確定了！）」」

在我跟碧的心裡，「亞玖璃為景太的女朋友之說」終於拍板。不，現在應該是「前女友」了。

景太不解似的歪過頭繼續說：

「不過，你怎麼會問起亞玖璃同學的事？」

「咦？啊，沒有啦，之前我在那間便利商店偶然遇見她。但你放心吧，我沒有講出跟你之間的關係。」

「？謝謝……？可是，我覺得講了也無所謂耶……」

「咦？是、是喔？不過你想嘛……泡在路上認識的大學生家裡玩電玩，這種事傳出去也不太好聽吧？」

「會嗎……？不過，我確實是不太會跟別人提起你的事……那是因為我怕你是『常常帶高中男生回家的陰沉落單大學生』這件事會洩露出去……」

「是、是這樣喔？總、總之，怎樣都好，連亞玖璃在內，麻煩你在身邊的人面前繼續替我還有碧保密。」

「喔，這我倒不介意……」

景太顯得有些無法釋懷，我為了轉移話題就問他：

「那碼歸那碼，呃……真遺憾耶，景太，關於亞玖璃那件事。」

「是啊……你說得對，實在很令人遺憾……」

景太洩氣地垂下肩膀。這傢伙果然跟亞玖璃分手了嗎……

「……明明是那麼登對的情侶……」

「咦，有人自己那樣說的嗎！」

景太意外的一面讓碧發出驚呼……看來這傢伙跟亞玖璃曾是愛到智商下滑的笨情侶……

景太又意氣消沉地繼續說：

「亞玖璃同學真的好可憐……失去了那麼棒的男朋友……」

「又自說自話了！這個男生怎麼回事！倒不如說，那股洋溢的自信到底哪裡來的！方才那個謙虛的雨野景太小弟到底去哪裡了？」

碧說出較為猛烈的吐槽。然而，景太只是回以曖昧的苦笑就應付過去……今天一整天，他似乎完全把碧當成了「脫離世俗又情緒亂HIGH的千金大小姐」。連她正當至極的吐槽內容都被景太一概忽視。

我跟碧一樣，對他講的話感到不對勁，卻還是繼續談下去。

「唉，不、不過，分手了也好嘛。坦白講……那個叫亞玖璃的女生，感覺很難說是……

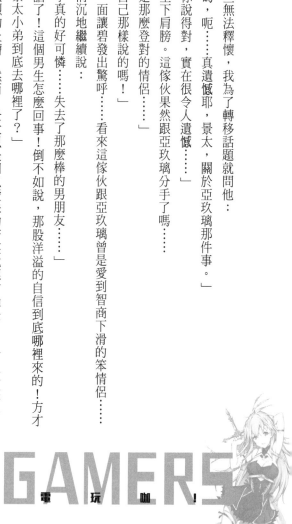

那個，跟你的類型合拍……」

「我跟亞玖璃同學？哎，那是當然的吧。像她那樣，我才不敢領教啦！」

「「是、是喔……？」」

他急劇轉變的態度讓我跟碧嚇到了。這傢伙是怎樣，原來他這麼扯嗎？在感情方面自以為完美，就把對方看得這麼扁？根本人渣嘛！雖然說出來不好聽，雨野景太，根本人渣嘛！

他仰望天空，嘀咕了一句：

「亞玖璃同學……希望她能努力修復這段感情。」

「「（人、人渣耶～～～～！）」」

我跟碧在內心吶喊且為之愣然。這傢伙是怎樣！原來他的立場是女方想跟自己交往就要拚命付出嗎！我看你就是因為這樣才被甩掉的吧！

雨野景太散發出來的精神異常感，開始讓兩名大學女生害怕。

當我們三個東拉西扯時，不知不覺就來到便利商店前面。景太一如往常地轉身打算跟我們道別——這時候，他突然發出「咦？」的一聲。

景太將視線朝向我們背後——穿過了愣住的我跟碧之間，就這樣帶著笑容向某人搭話：

「上原同學！你怎麼會跑來這裡？」

我跟碧同時回頭，於是就發現……有個笑容亂清新爽朗（因此更顯得可疑）的高中男生站在那裡。

「「（他、他是什麼時候……）」」

他站得比想像中近，使我們掩飾不了心慌。雖然景太好像根本沒發現……但是能毫無動靜地接近到這樣的距離，狀況不尋常。很顯然……沒錯，這個叫上原的男的很顯然……！

「（他居然隱藏了自己的動靜在窺伺我們……）」

儘管已經發現這一點，卻無法摸清對方的意圖，我跟碧為之緊繃。

他——景太口中的上原同學，就隔著這樣的我們，先和氣地對景太打了招呼回應：

「嗨，雨野。也沒為什麼啦，只是碰巧罷了。我才想問，你在這裡幹嘛？」

「我嗎？我是在……呃～～……」

景太在這時偷偷瞄向我。他做出稍作思索的舉動，然後對那個叫上原的撒了個小謊。

「我、我順路來找『表哥』，然後就到他家待了一下。」

「哦……到『表哥』……『他』家是嗎？」

叫上原的高中生把我跟碧從頭到腳打量了一遍。接著，他露出爽朗過頭反顯可疑的微笑向我們問候：

「幸會，我是這傢伙的朋友，上原祐。」

「啊，我、我叫霧夜步。呃……我是景太的表、表哥。然後，這邊這一位跟我是……鄰居，她叫彩家碧。」

碧簡單點頭致意，上原小弟也跟著點頭說：「妳好。」……哎，看起來倒不像是什麼壞傢伙啦……

我稍感放心，那個叫上原的便向我要求握手，我沒多想就答應了。

於是在下個瞬間——他輕輕地使勁拉了我的手，在我耳邊用只有我聽得見的音量細語：

「玩這套，會不會有些不公平？」

「！」

太有魄力的那陣說話聲讓我不由得急著抽身。然後，那個叫上原的就帶著依舊爽朗的笑容繼續輕鬆說道：

「抱歉，我用力了點……『以男性來說』，霧夜同學比我想的還要瘦弱呢。」

「（這傢伙……！）」

我忍不住瞪他。於是，就在景太也察覺我們之間氣氛險惡而開始發慌的時候……上原小弟才總算真正放鬆表情。

「抱歉。前陣子從亞玖璃口中聽到妳的事情，我就有點好奇。」

「從亞玖璃那裡？」

看來他似乎也跟景太的前女友亞玖璃認識。原來如此，那我對先前的威嚇也多少能理解。這個叫上原的——身為兩個人的朋友，應該是想讓亞玖璃跟景太復合吧。我懂我懂。

我總算會意了，這才主動接近上原小弟，並為避免景太聽見而壓低音量朝他回話：

「（先不談我的事，我想亞玖璃還是別重拾舊感情才幸福吧……）」

畢竟雨野景太在感情方面有神經病傾向。這麼想的我提出忠告，不知為何……上原小弟就垂頭喪氣地回答我：

「（唔……！咦，霧夜同學，為、為什麼會這麼想？）」

「（咦？呃，因為從各方面聽起來，亞玖璃的前男友以男人而言，性格意外地滿不像樣的吧？）」

「（唔啊！妳、妳這麼認為嗎？這……這樣啊……）」

「？」

上原小弟變得莫名沮喪……嗯，沒想到這個男生人也滿好的。為了朋友間的情侶關係，他居然能這麼設身處地幫那兩個人著想……

當我感到欽佩時，景太就不解似的開口：

「你們兩個是怎麼了？沒事吧？」

「咦？啊，是啦，沒什麼。你說對吧，上原小弟？」

「就、就是說啊。好、好了啦，你不用在意，雨野。我們倆彼此第一次見面，只是有點緊張而已。」

「哦～先不提霧夜表哥，原來上原同學也會有緊張的時候，真意外。」

為什麼我可以先不提？我就一副「落單族」的長相嗎？

不管怎樣，在氣氛多少變和諧以後，碧清了清嗓另開話題。

「話說，雨野小弟還有上原小弟，你們再不回家沒關係嗎？」

她這番話讓景太「啊」地現出慌張的模樣。

「對喔，我該回家了！呃，上原同學，你會陪我一起走到中途吧？」

「噢，是啊。兩位，那我們差不多該失陪了。」

他們說完就對我們簡單點頭行禮，然後兩人狀甚親暱，有說有笑地直接走掉了。上原小弟戳了景太的頭，景太則輕輕推他的胸口回應。毫不客套，十分隨意的距離感。

我茫然目送他們倆離去，碧就向我嘀咕：

「……步同學，真正的男性朋友之間，距離是不是像那樣呢？」

「妳想表達什麼，碧？」

「沒有啊，沒什麼。」

碧只說了這些就獨自走向便利商店門口。

我一邊嘆氣一邊跟在碧的後面……同時又一次朝那兩個人回過頭，接著，我忍不住獨自嘀咕：

「我現在的做法並不公平……是嗎……」

〈距離雨野景太的交往對象踏進霧夜步的公寓——還有四個半月。〉

GAMERS

電玩咖！

DLC

STAGE 3

「啊！雨、雨野同學……難道對你來說，我天道花憐才是外傳的女主角嗎？」

※這篇故事是正篇女主角陷入錯亂的「一如往常的」電玩同好會日常剪影。

✖電玩咖與外傳論

「電玩同好會的各位，你們平常都在做些什麼？」

由於亞玖璃同學突然提出這樣的話題，我們四個不由得看向彼此的臉。

十二月某日的電玩同好會。因為最近在活動中總會談起不相干的事，上原同學便提議「偶爾該正常運作吧」，好久沒有盡情聊電玩的我們也就起了興致……

然而，亞玖璃同學這位「電玩知識零的辣妹」似乎是忍受到極限了，儘管她顯得有些過意不去，還是繼續說：

「呃，基本上，我們五個人聚在一起時都是在聊電玩，或者由其中某個人報告近況，不是嗎？」

「那是當然的吧。就算聊我的親戚，你們不認識又沒有用。」

上原同學對亞玖璃同學投以正當至極的吐槽。可是，亞玖璃同學卻說「問題就在這裡」，還進一步跟他爭。

「要這樣想的話，結果我們對彼此的事就一直滿生疏的不是嗎？稍微聊到『自己在這裡以外的世界』也是可以的吧？」

「嗯……我有個叔叔，最近在煩惱自己變得亂濃密的腿毛……」

「祐，你講的事情沒意思，不用繼續了。再說聽了不舒服。」

「要我怎麼辦啦。」

上原同學擺出不知所措的臉……真可憐。雖然那確實是沒意思。

當大家遲疑時，「比方說——」亞玖璃同學便如此開口：

「你們都以為人家在放學以後，『有空就會跟雨雨到家庭餐廳閒聊』對吧？」

面對亞玖璃同學提出的問題，在場所有人立刻點頭。她的臉色一瞬間垮了下來，卻還是清了清嗓繼續說：

「可是對人家而言，憑雨雨這樣，不過是眾多朋友之一而已。」

「用、用詞幹嘛這麼傷人！」

「抱歉，剛才講得太過分了，人家還是做個修正。」

「亞玖璃同學……」

「雨雨對人家而言……不過是地位比眾多朋友低一階，被歸類在特殊劃分區的奴才而已喔！」

「哇，被說是地位特殊，我好榮幸！……大、大小姐，您的手機髒了呢，要我幫忙擦一擦畫面嗎？用砂紙。」

「不，免了！放開人家的手機啦，你這奴才……！」

「別、別客氣嘛，大小姐……！」

我們就這樣帶著扭曲的笑容把亞玖璃同學的智慧型手機扯來扯去。一回神，電玩同好會的眾人都用「一如往常」的冷淡目光望過來。

我們抽身離開彼此，清了清嗓之後……亞玖璃同學又繼續說：

「總、總之，被你們以為人家放學後都只會跟雨雨瞎鬧，感覺就非常不是滋味。」

對於亞玖璃同學的主張，天道同學表示「這我明白了……」並提出疑問：

「那麼，亞玖璃同學，妳跟雨野同學以外的人是怎麼過的呢？」

「問得好，天道同學！呃，除了跟雨雨以外……人家也會在放學後找班上同學去唱歌，而且『費用各付』！」

「「欸，等等，這位辣妹。」」

剎那間，我跟上原同學一起打斷她的話。當亞玖璃同學嘟囔：「這些男人就是愛插嘴，討厭。」我和上原同學就忍不住拍桌站了起來。

「請、請問，妳剛才說費用各付是怎麼回事！請妳說清楚！」

「對啊對啊！原來妳有那種概念嗎！」

我跟上原同學氣勢洶洶，可是亞玖璃同學卻「嘖嘖嘖」地晃了晃食指回答我們：

「告訴你們……人家可沒有那麼落魄喔，唱個歌還要拗朋友請客～」

「明明飲料吧費用有九成都是妳拗我付的耶！」

「明明每次玩夾娃娃機還有拍大頭貼都是我請客！」

「唉……人家真是罪孽深重的女人呢……」

「「廢話！」」

儘管我和上原同學兩個人都強烈要求跟進「費用各付制」，亞玖璃同學卻絲毫沒聽進耳裡，只顧對女成員繼續說：

「總之就像這樣，人家也有跟電玩同好會無關的交友關係及活動，所以也想問問看大家在這方面有什麼可以分享。」

「「原來如此。」」

「「費用各付！」」

點頭的女性成員，還有持續抗議的男性成員。於是不知道為什麼，從女性成員……天道同學和千秋那邊，我感受到了「一直要求費用各付好煩喔」的視線。要、要說的話，妳們又不是直接受害者，才會擺出那樣的態度吧……！可是……！

「「……………唔。」」

但是，再這樣鬼吼鬼叫也只會白白浪費體力而已。我跟上原同學含淚看向彼此……然後就靜靜就座了。兩個人在腿上握緊的拳頭都在顫抖著……日子難過啊。

當男性成員陷入消沉時，天道同學為了改變氣氛，就率先配合亞玖璃同學提出的話題。

「既然這樣，要說到我嘛……對了，我想大家都知情就是了，在同好會沒有活動的日子，我都在電玩社參加活動喔。」

聽了她的發言，同為女生的千秋頂著海帶頭接話了。

「是呀是呀，花憐同學是會那樣沒錯。不過不過，那妳在電玩社休息的日子……」

「啊，我就會跟亞玖璃同學一樣，赴其他朋友的邀約，或者……」

「或者？」

當大家注目著天道同學的答覆時，她就……帶著笑容回答了。

「我會去『狩獵電玩咖』。」

「──那是在幹嘛？好恐怖。」

天道同學表露出自己隱藏的另一面，使我們油然生畏。於是，她微微苦笑說：「不不不，那沒有什麼奇怪的含意。」並解釋：

「跟之前邀雨野同學入社時一樣，我會去尋找有沒有想加入我們社團的學生或者單純具有高明電玩技術的人士。比方到遊樂場，還有電玩店。」

「原、原來如此原來如此。」

千秋釋懷以後放心地捂了捂胸。但……話剛說完，天道同學就隨口補了一句：

「還有，我偶爾會去打垮那些惡質的電玩咖。」

「果然就是字面上的那個意思！花、花憐同學，妳都在忙些什麼啊！」

「忙什麼……抽暇『狩獵』啊。」

「即使說得像『練習花藝』一樣還是不行啦！請不要狩獵電玩咖！」

「可是，對我們這些嗜玩電玩的人來說，還算常見吧？」

「常、常見什麼？」

「遭遇惡質電玩咖欺凌貧困村落的場面。」

「才沒有！請不要講得像『電玩咖的共通體驗』一樣！」

千秋難得用全力吐槽……話說，我這位前女友到底活在什麼樣的世界觀之中啊……

當我們臉上冒著汗，天道同學就不解似的偏過頭。

「奇怪了，這在我們電玩社裡明明就是必經的『共通體驗』……」

……這樣看來，與其吐槽天道同學，不如說是電玩社的世界觀出了問題。

當現場被尷尬的氣氛籠罩時，「換、換我說換我說！」千秋就貼心地這麼開口。

「在電玩同好會沒有活動的日子，我會——」

身子向前傾的千秋說道。當我接腔：「嗯。妳都在做什麼？」她便活力十足地打算談起自己在同好會以外的活動……

「…………啊……我沒有朋友也沒有男友，所以就只能回家……」

「「啊……這樣喔……」」

我們都情何以堪地悄悄垂下目光……但是，千秋立刻幫自己打了圓場。

「不、不過不過，我還會自己製作免費遊戲！是的！因為這樣，有些日子，我也會去取材還有調查！哼哼！」

「噢噢，那滿有創作者的風範，感覺不錯耶，千秋。」

「對、對吧對吧，景太。像圖書館之類的地方，我也常去喔。」

「是喔？順帶一提，妳在圖書館查些什麼？」

「咦？我想想喔。比如我目前要製作王道奇幻ＲＰＧ，就每天都在……」

千秋停下來吸了口氣，然後豎起手指，自信滿滿地告訴我們：

「調查關於『鹽麴』的歷史喔。」

「「感覺只會做出奇怪的作品。」」

千秋的品味還是老樣子。她並沒有察覺到我們都傻眼了，還語帶羞澀地繼續說：

「還有還有，下次我想換個名堂，做一款花俏又迎合小朋友的橫捲軸射擊遊戲看看。」

千秋所說的話讓天道同學在胸前合掌，露出微笑。

「哎呀，滿不錯的耶。像我就很喜歡《幻〇空間》。」

「對啊！花憐同學，我也是。因此，目前要找參考的資料……」

「啊，妳是不是找了花卉圖鑑來參考——」

「我正在發掘昭和時期的慘案史料。」

「「素材只讓人覺得不安！」」

是怎樣？這株海藻類想做迎合小朋友的遊戲，為什麼要去翻那些資料？還有她面對我們嚇壞了的反應，怎麼還能夠純真無邪地歪過頭？認真的嗎？她是奇才嗎？不，最重要的問題是……

「？雨野同學？」

天道同學發現我不對勁，就出聲表示關心……但我無視她，還悄悄背著大家把臉轉開，暗自……感到掙扎不已！

「（糟了啦～～～～～～～～～感覺超有趣的耶～～～～～～～～～～～！）」

我打從骨子裡就是〈NOBE〉的粉絲，那滿滿的〈NOBE〉感令我不禁癮頭都來了。然而，被千秋看穿這一點也會讓我覺得不是滋味。

當我一個人拚命忍耐笑意時，像是看透一切的上原同學就傻眼地嘀咕了。

「說真的，你們可以去結婚了啦……」

又說得這麼誇張。除了我以外，世上還有許多人喜歡〈NOBE〉的作品才對嘛……大、大概啦。

我總算鎮定下來，就坐回椅子面向前方。於是，這次換上原同學開口了。

「啊～我的情況跟亞玖璃大致相同，會跟其他朋友上街玩，畢竟我也沒加入社團。」

「啊，對了——」這時天道同學如此出了聲。

「上原同學，你最近跟我們社團的新那學姊……大磯新那學姊，偶爾也會一起玩？」

「唔。」

天道同學的證詞使亞玖璃同學露骨地豎起耳朵。她那副模樣讓上原同學僵著臉回話：

「是、是有啦。我、我並沒有跟她約出來碰面就是了。呃，因為去遊樂場的格鬥遊戲區，新那學姊就有滿高機率在那裡，我會趁機向她討教……」

「哦～是喔～哦～……」

「咦？呃……嗯……」

亞玖璃同學釋出的「前女友壓力」侵蝕著上原同學。這是怎樣……明明屬於別人家的事，我的胃卻在痛。或許是同為男人的關係，光看就連我都覺得難受。

然而海藻少女不太能參透這樣的狀況，還對上原同學拋出純真無邪……同時又十分殘酷的話語。

「那個那個，上原同學跟我們不一樣……有許多異性朋友呢！」

「唔哇！」

突然被自己人開槍的上原同學不由得嗆到。他側眼看了前女友的漆黑氣場，然後恨恨地望向千秋，千秋卻像是絲毫沒發現地繼續說：

「居然能跟好幾個異性同時建立良好的關係，上原同學真的很厲害。」

「咦？呃，我說，星之守？妳安靜一下……」

「對了對了，像我剛認識上原同學時，印象中他對待初次見面的我還比對待本來就是哥兒們的景太更和善——」

糟糕，同樣身為男人……身為上原同學的朋友，我實在看不下去了。

我從椅子上起身，繞到千秋背後，用手捂住她那亂長舌地說個不停的嘴巴。

「唔唔唔……！」

「欸，不要硬是張嘴講話！我、我的手會癢啦！」

千秋對我抗議似的亂動。我也不認輸，就用力抱住她的海帶頭——

「……啊！」

——抱了以後，我發現這次換成我的前女友……金髮天使亦即天道花憐女士那邊發出了驚人的漆黑氣場。威迫感實在太強，我連她的表情都沒辦法確認。

看了就會沒命——我甚至有如此的預感。

「唔唔～～唔唔～～！」

然而，千秋仍不長眼地亂動。被她這樣鬧，手接觸到她的氣息還有脣尖，老實說我非常尷尬。而我這種害臊和猶豫的心理感覺全被天道同學看透了，這也讓我十分不自在。

不然放開手就行啦……可是這樣一來，這顆海帶頭肯定又會亂吼亂叫，讓狀況更惡化。

「「（……卡關了……！）」」

我跟上原同學都止不住冷汗……這什麼情況啊？如今，我好像第一次見識到「男生2：女生3」比例中的黑暗面……不是我要說，我實在應付不來。

「「…………」」

掙扎著亂動想說話的御宅族女生，還有以她為中心，兩對被險惡氣氛吞沒的分手情侶。在宛如地獄的狀況中，上原同學使出迫不得已的一招。

「對、對了，雨野，那你呢……在同好會外面，有沒有跟誰來往？」

「咦……咦咦！」

對路人型落單族男生來說，這也太難接話了吧！居然要我介紹跟上原同學等人以外的交友關係，我怎麼可能會有——

「……啊。」

——不，我有。要聊的話，是有。可是這樣一來……

「「？」」

我這段令人不解的沉默導致上原同學以外的人都歪過頭，反而是上原同學很明顯在催我談「他們」的事情。

他們就是指——

「（霧夜同學，還有彩家同學啊……）」

——那兩個人。我不太會向大家提起跟大學生的這段來往關係。

的確，那兩個人跟目前的話題主旨吻合，更重要的是，當下的詭異氣氛似乎也可藉這個話題做切割。

「…………」

總之我放開千秋的嘴巴。她已經不再亂動，天道同學和亞玖璃同學也將威嚇的氣場克制住了。

可是，相對地……這下子所有人都在注目我將要提到的「同好會以外的人際交往」……老實說，我感到窒息。

「呃……」

我搔了搔頭，一邊苦笑一邊先回到自己的座位。

……那麼，該怎麼辦好呢？

「（霧夜同學似乎不太希望自己的事被人提起……）」

雖然我並沒有跟他約定好，但我希望盡量不要打擾到他。希望歸希望……

我瞄了一眼大家的模樣……大概是我若有深意地保持沉默惹的禍，「反正你說就對了」的氣氛相當高漲。

「（……總不能顧此失彼吧。抱歉，霧夜同學，對於名字和具體內容，我會盡可能含糊帶過的……）」

我下定決心以後就大大地吐了口氣……接著，我一面慎選詞彙一面說了出來。

「呃……我在這陣子偶爾……會以一兩週一次的頻率跟同好會成員以外的人一起玩。」

「「咦？」」

天道同學和千秋同時發出聲音。接著她們倆……就莫名其妙地臉上冒汗，並且突然湊向前問我：

「雨、雨野同學？這件事，我完全沒有聽說過耶，明明我是你的女……前女友。」

「咦？啊，對呀。我想這也不是需要特地告訴妳的事情……」

「景、景太？我一直以為，你是跟我一樣的落單族……」

「沒有啦，我現在也還是一樣落單啊。妳也曉得我在教育旅行的慘狀吧？現在我的學校生活仍然有九成是畏懼著旁人的視線，獨自在座位上玩手遊的狀態啊。」

我不太懂她們在計較什麼而歪過頭。

於是……她們倆不知為何就看似十分心急地同時拍桌，齊聲向我問道：

「「所以，對方是異性嗎！你倒是說清楚啊！」」

「……什麼？」

我不禁愣住了。搞不懂耶……假如我見的人……霧夜同學是女性，會有什麼問題……

……………………啊。

終於察覺有狀況的我連忙搖頭。

「不不不不不！哪有可能啊！現在在講的可是我耶！」

「對啊！不就因為在講你才讓人擔心嗎！」

「怎麼把我說得像是身上有廉價戀愛喜劇男主角的屬性一樣……」

「你就是有廉價戀愛喜劇男主角的屬性吧！」

「唔咦？」

那兩個人終於起身逼到面前，我則是愣得目瞪口呆……實在搞不懂她們是什麼意思。哪有戀愛喜劇的男主角在日常生活中會拚命想忽略嘲笑自己的一部分同學，下課時間還縮頭縮尾地獨自忙著玩手遊……

連上原同學和亞玖璃同學都莫名用冷淡的視線觀望我們這邊時，我帶著苦笑對前女友以及電玩同伴回答：

「無論如何，這次完全不是妳們想的那樣喔。我偶爾也會跟他……跟大家不認識的男性朋友玩，事情就這樣而已。」

「「呼……男性……」」

不知為何，她們倆捂了胸坐回座位……這兩人的性格基本上處在兩個極端，偶爾卻顯得相當合拍。難道有什麼共通點嗎？

在兩人鎮定下來以後，我又繼續說：

「呃，然後，我偶爾……會到『那個大學男生』的『獨居公寓』裡，由他一對一地教我『沒有體驗過的事』。」

「「ＯＵＴ～～～～～～～～～～～～～～！」」

兩個女生猛然起身，放聲喊出來。儘管我被她們嚇壞了，還是設法反問一句：

「咦……有、有哪裡欠妥嗎？」

「還問哪裡欠妥！從頭到尾都不行喔，雨野同學！倒不如說，目前可是我們從認識以來最嚴重的『ＯＵＴ』局面！」

「是啊是啊！你怎麼背著我們，跑去拓展亂七八糟的領域！」

「說、說我拓展亂七八糟的領域……」

我對這兩人激動的態度依舊絲毫無法理解。

儘管我畏畏縮縮，但我忽然想到有一點可以修正。

「啊，對不起，我弄錯了，並不是一對一。對不起。」

不知為何，她們倆稍微消了氣。

「是、是嗎，這樣啊？既然不是只有你們兩個人……」

「就、就是啊就是啊，花憐同學。既然如此，感覺就比較有緩衝……」

我對她們那樣的調調鬆了口氣，接著說下去：

「跟他具有『成人關係』的『千金小姐』有時也會加入，『挑戰三人同樂』。」

「「ＯＵＴ～～～～～～～～～～～～～～～～～～～～！」」

兩位美少女終於喊到幾乎全校都能聽見了……這是什麼罕見的光景？亞玖璃同學和上原同學還抓準機會拚命朝我們拍照……我倒希望那兩人能對我的交友關係多抱持一點興趣。

當我嘆氣時，天道同學便繞過來這邊，抓住我的肩膀猛晃並質疑：

「這、是、怎、麼、回、事！雨野同學！」

「景太……你好差勁！」

天道同學滿臉通紅，站在她背後的千秋則是眼裡盈著淚水……呃，說真的，這到底是怎樣？

我仍然不太能理解她們的情緒，姑且還是試著緩頰：

「沒有怎麼回事啊……簡單說，就是有一對很棒的大學生情侶『願意跟我玩』、『願意指點我』罷了……」

「那就是我們在說的問題！你太汙穢了，雨野同學！」

「咦咦！我跟別人玩電玩這件事，何必用到『汙穢』來形容……」

當我感到氣惱時，她們倆就不解似的面面相覷，然後問道：

「「玩、玩電玩？」」

「？聊到現在，妳們還疑惑什麼？我不就說了嗎？我們三個只是在一起玩電玩啊。」

「「你可沒有那麼說！」」

「唔、咦？」

是、是這樣嗎？或許耶。原來是我有錯，要反省……呃，可是，就算沒提到電玩這個詞，我也不記得自己有哪一句發言會惹人生氣成這樣……

我直接補充說明，她們才總算會意似的坐下來。

「原來如此。換句話說……跟我在電玩社一樣，雨野同學除了這裡的聚會，偶爾也會去找其他玩伴。原來是這麼回事啊。既然如此，請你早點說清楚就好了。」

「呃，咦……是啊……我認為自己從一開始就是這麼說的……」

「你有意見？」

「沒事。萬分抱歉，長官大人。」

我立正敬禮……就算情侶關係已經沒了，這個世界的上下關係似乎仍不會改變。我又學到了一件事。

接著又換千秋安心似的深深吐氣，一邊說道：

「但就算這樣，還是會讓人意外啊，景太居然跟大學生認識……」

「啊～～……」

我在言詞上有些猶豫，並且側眼瞥向上原同學。

「（前陣子偶然碰見他的時候，記得是介紹成「表哥」……）」

我想起那件事，就決定也用那套說詞來說明。

「呃，他是我的『表哥』啦，正好在這附近讀大學。然後，他的女朋友偶爾也會加入一起玩……大致就這樣吧？」

「啊，原來是這麼回事，那我也能接受。准你去。」

為什麼我得經過這株海藻的允許？儘管心裡感到費解，我也不希望再引起麻煩的口角，只好先閉嘴。

不知為何上原同學就微微地賊笑，加入對話：

「然後呢？跟『表哥』玩電玩有趣嗎，雨野？」

上原同學大概多少了解我的想法，就沒有明講「霧夜」同學，而是跟我用辭一致地稱他

「表哥」。感激不盡。

「嗯，那是當然了。他很會玩遊戲……而且更重要的是，他們兩個人都非常好。」

「哦，人好是嗎？哎，這是滿要緊的，沒錯。」

上原同學若有深意地點頭。我覺得有點掛懷，便打算問他是什麼意思——就在此時，亞玖璃同學突然「啊～」地發出聲音。

在大家注視之下，亞玖璃同學看著我說了起來。

「這件事人家好像跟祐提過就是了。前陣子，人家曾經在街上遠遠看到有個像雨雨的人，在跟另外兩個疑似同年齡層的人講話。」

「？有這麼一回事？」

「嗯。所以人家簡單處理完自己的事情以後，就去找他們搭話……到那個時候，像雨雨的人已經不見了。」

「是喔……是什麼時候的事？會不會是我跟『表哥』還有他女友在一起的時候？」

最近我跟亞玖璃同學不認識的同年齡層的人講話……感覺頂多就只有霧夜同學他們。畢竟我基本上是落單族。

當我茫然回想是在哪裡被看見時，亞玖璃同學就苦笑說「沒有啦沒有啦」並揮了揮手。

「結果似乎是弄錯了。其實後來人家有去找那兩個人講話，兩個人卻說不認識『雨野景太』。感覺上，肯定不是雨雨提到的『表哥』喔。」

「啊～～……」

「再說，更重要的是……」

亞玖璃同學說到這裡就吐了吐舌頭，看扁人似的告訴我：

「那麼漂亮的『兩位美女』，才不可能跟雨雨認識嘛。」

「兩位美女…………」

這句話讓我莫名緊張起來……奇……怪？

「（霧夜同學和彩家同學站在一起……看起來……倒也像是兩個美女……）」

怎麼搞的？心跳稍微加快了……剛才我好像……好像窺見了什麼……非常不妙的兆頭……可是……卻又差那麼一步才能掌握事情的真相。

「（怎麼回事……亞玖璃同學說的話，是哪個部分讓我這麼介意……）」

為了摸索自己內心的不安，我逐漸沉入思緒的汪洋。但……

〈磅！〉

「！」

——有人拍桌的聲音讓我嚇得抬起臉。於是，在我眼前……只見前女友再次壞了心情。

「跟、跟神祕的兩位美女幽會，是怎麼一回事，雨野同學！」

「哪、哪有怎麼回事。亞玖璃同學不就說了，結果是她弄錯人……」

「真的嗎！你該不會跟輕小說主角一樣，瞞著我們在外傳對那些美女新角色插旗吧！」

「還扯到外傳。像我這樣的人生，本來就沒有外傳跟正篇的區別啊……」

然而天道同學聽不進我安撫的話，還自己擴增被害妄想的內容。

「啊！雨、雨野同學……難道對你來說，我天道花憐才是外傳的女主角嗎？」

「我沒有那樣說啦！天道同學，妳把我當成什麼了！」

「我把你當成可以毫不在意地說出那種話玩弄他人感情的負心漢！」

「我的形象未免太糟了！要這樣說的話，天道同學，感覺在妳的人生中，電玩社的故事才是正篇吧！」

面對我的吐槽，天道同學一臉認真地淡然回應：

「不，沒有那種事。那邊的故事……頂多只是用電玩拯救世界的外傳。」

「是有怎麼樣的人生才可以把那當成外傳！」

「雨野同學，當然要有你才算正篇。」

「前女友的愛好沉重！雖然我很高興……高興歸高興，總覺得壓力好大！跟我之間的故事沒有那麼大的價值啦！」

「才沒那回事。雨野同學，你就是我的正篇。可是你卻…………對你而言，天道花憐終究只是在劇場版出現的外傳女主角罷了。」

「即使一樣是外傳，妳暗中抬高了自己的身價耶。」

「才沒那回事。像我這樣……頂多算是劇場版的中心人物，即使能與主角急速拉近距離，最後還是要走向惆悵的結局，在粉絲間屬於人氣投票會得第一名的那種外傳女主角。」

「妳在外傳女主角界的地位怎麼逐步攀升了？」

「有什麼辦法！對你來說……對你來說，我的存在是……」

「妳是第一女主角啊！」

「雨野同學！」

「天道同學！」

我們倆在教室裡深情地望著彼此……原本曾是一對的現充與海藻類則是從局外觀望。

「……這段讓人感覺像超劣化版《不起眼女主角培育法》的戲，怎麼會突然開演？」

「人家覺得演鬧劇也要有節制喔。你們是不是忘記彼此已經分手了？」

「啊，我可以回家玩遊戲嗎？這種戀愛喜劇我看不習慣。」

被數落得好慘……哎，老實說，感覺從途中開始我跟天道同學都刻意演過頭了。

我和天道同學清了清嗓，將這個話題收尾。

「總之……表示電玩同好會的大家除了在這裡以外，還是有廣泛的活動，生活也都過得滿充實呢。」

「是啊，天道同學。表示除了千秋以外，大家都過得很充實。」

「欸欸欸，那邊的豆芽菜矮子，為什麼不用花憐同學的結論收尾就好了！我、我也過得很充實啊！」

「……就是啊，千秋也過得很充實……無論其他人要怎麼說。」

「可沒有人對我說任何閒話！」

「……是啊，沒有錯。千秋過得很充實！那不就好了嗎！萬一有人敢唱反調……我雨野景太就會開扁！」

「那請你先自己揍自己！」

「…………嘖……這株『孤獨的海帶』好囉嗦……」

「孤獨的海帶？」

「喂～～那邊那兩個，別感情和睦地互相嘲弄了，同好會要收工嘍～～」

「「好～～」」

被上原同學提醒，我們就乖乖退讓了。換作一開始還難講，如今我跟千秋已經不會多認真地吵嘴了。

順帶一提，我們這種互動照亞玖璃同學的說法，似乎就跟「看貓咪輕輕互咬脖子的影片」一樣。雖然我個人不太能接受她的比喻……但想起平時從天道同學那邊總會有極高機率感受到有如「日本三大怨靈」的邪門氣息，很遺憾地，亞玖璃同學似乎比喻得沒錯。我跟千秋……感覺有那麼要好嗎？

我們手腳迅速地準備好要回家，就一如往常地在教室門口附近分開。

天道同學去社團，千秋到圖書室，上原同學與亞玖璃同學要跟別班的朋友會合，大家便各自散開。

我到玄關前為止都是跟天道同學一起走，然後就目送她去社團，我自己則換了鞋子。

「…………好冷！」

走出校舍玄關，北方大地的寒氣立刻往皮膚扎了過來。我隔著大衣摩挲雙肘，在被踏平的雪地上踩穩腳步。

「…………」

我前往以回家時段來說不早也不晚，因而都沒人的公車站，然後一個人茫然望著天空的晚霞。

「……的確，我多認識了好多人耶……」

我想起天道同學的「外傳」發言，就不自覺地喃喃嘀咕。

……那在前陣子是我沒辦法想像的狀況。

對我這樣的人來說，這是承受不起的榮幸……沒錯……我承受不起。

「…………霧夜同學嗎……」

我別無用意地低聲喚了他的名字。

就這樣，今天我不由得……對他那以男性來說太過端整的臉孔，還有至今仍讓人有些無法釋懷的內衣風波，做了格外深刻的思索。

GAMERS
電玩咖！
DLC

STAGE 4

「？呃，我想，我剛才講的是女性玩家，可是霧夜同學，你為什麼會說到自己呢？」

※這篇故事是正篇與外傳終於要正式起衝突的支線任務。

眼中釘一詞，講的正是像「她」這種人。

「啊～～！剛才那樣還輸掉～～！唔啊～～！」

我從擺在桌上的街機控制器抽身，胡亂搔起頭。

景太坐在電腦前的辦公椅上，覺得稀奇似的看著我這樣的醜態。

「好難得耶，霧夜同學會對遊戲的輸贏這麼情緒化。」

「那當然……在格鬥遊戲的線上對戰碰到勁敵，用了專門剋對方的強角還被反殺，總會有怨言的吧。」

「勁敵？」

景太這時不解似的偏過頭，朝映在電視螢幕上的戰績畫面瞥了一眼。顯示在那裡的，是我跟這個對戰對手的勝率資訊。沒錯——就兩成，我的勝率實在慘淡。

當我轉開視線時，雨野景太依舊純真無邪地挖起別人心中的傷口。

「咦？基本上，勁敵是指『同格』的對手吧？」

「別說了啦！無所謂！在格鬥遊戲界，也有勝率兩成照樣可以稱為『勁敵』的案例！因為一時的運氣要素在這個世界也占了很大的比例！」

「咦？可是，就算說成一時的運氣，總結起來，以往這個對手已經跟你打過三百場了吧？既然是在這樣的分母中贏兩成，很明顯就是差一截——」

「景太，你覺得麵○超人跟○菌人之間算勁敵關係嗎？」

「怎麼突然問這個？嗯，以角色來說，他們應該算勁敵吧。」

「對吧？那麼接下來，你想想看○菌人的勝率。」

「……！奇怪？他的勝率會不會太低？」

「你看吧。相較之下，你不覺得贏了兩成之多的我有足夠權利自稱『勁敵』嗎？」

「唔……！聽、聽你這麼一說，感覺並不成問題耶！」

雨野景太頗為興奮地表示心服。傻瓜。真是個傻瓜。兩成勝率哪有什麼同格可言，以實力來講完全低人一截。我自己最明白這一點。

我直接跟相同對手再戰，景太在旁觀摩。

……我一次又一次再戰，景太就持續觀摩。

…………

於是，不知道過了多久。

忽然間，景太將椅子搖來晃去地玩，一邊嘀咕：

「……呃，霧夜同學，那個……儘管在年底忙碌的時期……對於我想看你玩這款對戰格鬥遊戲的任性要求，你還肯通融答應，我很感激。」

「不會不會。既然是為了你，這點小事……」

「是的，我真的相當感謝。多虧如此，我已經充分感受到這款遊戲的魅力了。因為我已經感受到了……」

景太說到這裡便停頓一拍……然後稍微含著眼淚對我喊了出來。

「『在線上模式贏一場就關掉』的結束條件，能不能請你毀棄！打來打去，我已經被迫看你連輸一小時以上了耶！」

他拉下臉求情，我便呵呵微笑說：「等著吧。」並加以安撫：

「我只是還沒認真罷了。」

「坦白講，這句話我也聽過五遍了！」

「我還保留了十五次的變身。」

「換檔次數切得太細了吧！請你趕快變身成最終階段啦！」

「……唉。景太，你完全不懂週刊少年漫畫的教條。」

「你才沒資格說呢！在週刊雜誌要打十五階段變身的敵人，除了拖戲以外沒有別的形容詞好說吧！」

「哎呀，聽你的口氣，簡直像在嫌我打格鬥遊戲跟歹戲拖棚一樣不是嗎，雨野景太？」

「因為我就是這麼說的！既然你聽懂了，能不能快轉？」

「這個嘛……怎麼辦好呢？（賊笑）」

「幹嘛演得像亂強的角色！明明是在唬人！我今天要回家了喔！」

景太說著就從椅子起身。我連忙留住他。

「不不不，景、景太。弄成這樣，不就好像我真的很弱嗎？拜、拜託再陪我一下……」

當我們東拉西扯時，對方又申請再戰了。

「……真是的。話說，你跟這個人以外的對手打不就好了嗎？」

「不不不，就是要打敗『她』這個勁敵給你看，而不是跟那些爛大街的遜咖玩家打，我才能滿足……」

這是實況影片製作者的性子，我一向希望跨越較高的門檻。

「啊？那是怎樣……唉，是可以啦。」

我看著景太重新坐回椅子上，然後安心地捂胸並答應再戰，彼此都沒有更換角色就來到了下一局……好，這次我非贏不可。

……不，今天我非贏不可。

就這樣……結果猶如賽程重播的敗退局面再次上演，同時我也茫然回想起有關這名比賽對手的事。

ＳＡＬＴ０５１９。在這款熱潮已退的對戰格鬥遊戲《完形ＺＥＲＯ》，屬於線上排行榜中位居前列的玩家之一，實質上可稱作封頂玩家也不為過的高手。然而，卻從未登上線上排行榜的第一名。因為他——不，因為她並不以「常勝」為是。將一個角色練到極致以後，隨即改練其他弱角，即使編出強勢的套路，也會立刻著手研究其他打法，因而讓勝率下滑。技不如人的我能有兩成勝率，大多是出於她這種特質。

因此，其實也不用景太說破，我自稱她的「勁敵」就是不自量力。基本上我的遊戲技術在前段班是墊底的。雖然我目前在《完形ＺＥＲＯ》的世界線上排行榜位居四十五名，但我之所以能擠到前面的名次，也是遊戲人口銳減的外因居多。

實力完全比ＳＡＬＴ０５１９矮一截。即使如此，我還是稱她為「勁敵」……這全是因為我們之間有段「恩怨」。

我首次跟她對戰是在約一年前，當時我正在嘗試開台實況。還記得那次影片的企畫是類似「〇連勝就收台」，內容平凡鬆散。從事前的彩排結果，原本我預估那是「儘管中途會挑戰失敗幾次，但還是可以在一小時左右結束的企畫」。對我來說，終究只是「實驗性質的企畫」罷了。

——直到跟SALT0519扯上關係。

明眼人應該已經猜到，結果這次開台實況變成了長達四小時的苦戰。當連勝紀錄的目標即將達成時，SALT0519就會闖進來使我落敗。等我從頭打起，打到只剩一場就能關台時，SALT0519又會跑來打斷，使我落敗，如此不停地反覆。途中更因為觀眾看得亂有興致，我也不好拒絕她的對戰申請，就這樣死拖活拉地繼續打。結果直到她離線為止，我的企畫始終被擋著無法達成……由平時將「進度管理嚴謹如行家」視為信條的我看來，那是一段真夠苦澀的回憶。後來，我就幾乎不開即時實況台了。

要說的話，「以影片來講」其實有看頭。不過，我的內心實在沒有堅強到能讓人慘電四小時還保持毫無損傷。

我當然對SALT0519抱有心結……然而，隔天卻發生了意想不到的事。

沒想到可恨的SALT0519竟然向我申請加好友。

一開始我還懷疑對方沒安好心，不過隨附的一句留言「下次再來打吧」實在太光明磊落，消氣的我便答應好友申請。

之後雖然始終是透過《完形ＺＥＲＯ》，但我們仍靠著對戰低調地保持交流到了現在。後來我才發現首次對戰時弄成那樣，她是完全沒有惡意的，單純是我被認定為「打輸了仍有毅力繼續奉陪對戰的好人，令人有好感的類型」，對方才會執拗地申請再戰。

順帶一提，關於這樣的她，我藉由看她順便用於徵求格鬥遊戲對手的某社群服務帳號，從推文內容弄清了她的為人。當然，本名無從得知，就算這樣，還是可以感受到她似乎是女性；同時也有廣泛涉獵其他格鬥遊戲；強歸強卻因為之前提過的比賽風格而成為「圈內人才曉得」的存在。還有……

「呃，你又輸了耶……霧夜同學。」

「……看來是這樣沒錯。」

從回想中突然回神後，畫面上彷彿重現了幾分鐘前的過程，我用的角色倒下，ＳＡＬＴ０５１９的角色正發出歡呼。

……就像這樣，她現在依舊比我強。玩了這麼久，我應該也有練出一些實力才對，她卻總是更勝於我。儘管她跟只練這一款格鬥遊戲的我不同，同時也在玩其他的格鬥遊戲，依舊如此。

多麼不討人喜歡的存在。在遊戲裡，沒有比「好友」這個詞更無法信任的字眼了。這算什麼「好友」嘛。

好像能超越又超越不了的存在。因為有她在，我……才會停在世界排行榜第四十五名，仔細想想應該屬於有點斤兩的玩家，卻不太能抬頭挺胸斷言：「我擅長玩這款遊戲！」

對我而言，簡直堪稱眼中釘。這便是SALT0519。

當我把這段經歷也講給景太聽兼打發時間，當中只將開台實況的那些環節含混帶過，他就頗感興趣似的點頭回話：

「啊，你講的那些，我好像可以理解耶。雖然……我並沒有勁敵，不過正因為網路上能做的交流不多，感覺更能用純粹的心態投入其中，我能體會這樣的想法……」

接著，不知道景太究竟想起什麼人，他還露出了亂溫柔的表情…………

「我跟她可沒有什麼親密的關係耶。」

我在畫面中吞下不知是第幾次的敗仗，一邊氣惱地回話，景太就苦笑著對我說：

「霧夜同學，說起來或許她對你是『眼中釘』，不過對方是把你當朋友的，不是嗎？」

「她是把我當冤大頭才對吧。」

「單就你說的來判斷，感覺她不是會有那種觀念的人耶。」

「這……或許是這樣沒錯啦。」

彼此登錄為好友的人在這款遊戲裡對戰，並不會影響到線上排名的積分。就算把我當成冤大頭，確實對她也沒有好處。儘管確實是如此……

這時候，我的角色在畫面中吃了一整套行雲流水的連段。當我不開心地嘀咕「這傢伙果然不能算朋友」時，景太就嘻嘻笑著說了：

「不過，這個對手是女性還滿讓人意外的耶。該怎麼說呢？雖然這是我超主觀的偏見啦，玩格鬥遊戲或ＦＰＳ的厲害玩家，我都會想像成男性。」

聽了他這番話，我一邊將心思放在遊戲畫面上一邊隨口回話：

「是嗎？這年頭，玩這類遊戲的女性也大有人在吧。」

好，雖然剛才吃了她一套連段，但我將錯就錯發動的攻勢奏效了，目前我相當占優勢。這下子……應該贏得了吧？

「是啊，在我身邊也有很會玩電玩的女生。」

激烈的戰鬥正在上演，悠哉的閒聊依舊繼續。心思仍幾乎都放在遊戲上的我就這樣回應景太：

「對吧？實際上我也喜歡玩ＦＰＳ跟格鬥遊戲。」

「…………？」

很好，戰況不錯。這樣贏得了！只要再來一發弱攻擊，就可以削完對手的ＨＰ——

……………………

這時候，我用的角色動作停住了。瞬間，理所當然般遭到對手一舉反擊……我這邊的HP被削完了。

〈YOU　LOSE〉

畫面上顯示出已經不知看過幾次的字幕。這場比賽原本能贏的，可惜……真的輸得很可惜。

然而……那些輸贏，現在都無關緊要了。

我……握著搖桿的手裡濕淋淋地冒出汗水，一邊回想。

「（我剛才……對景太，說了什麼？）」

……我想不起來。不，這是假話。我想得起來。雖然想得起來，卻不願意承認。

但……無情又無邪的男人雨野景太愣愣地歪著頭，把那個事實攤到我面前。

「？呃，我想，我剛才講的是女性玩家，可是霧夜同學，你為什麼會說到自己呢？」

「…………」

我擺出生硬的笑容，保持緘默。

……怎、怎麼辦呢……不，還不到慌張的時候。是吧，霧夜步？要找藉口，說詞還多得很吧？好比我的變身還剩十五次以上那樣——

「霧夜同學，難道——妳其實是女性？」

「（突然就來到最後的局面啦啊啊啊啊啊啊啊啊啊啊啊啊啊啊啊啊啊啊啊！）」

這是怎樣？腰斬的最後一話嗎？還剩十五階段變身的發言招惹到讀者，最後導致問卷調查的評價顯著下滑，連載就立刻敲定腰斬了？

我瞪圓眼睛，然後望向景太。而他……滿認真地用懷疑的眼神望著我。

「（……這傢伙，該不會隱約對我的性別感到疑問了吧？）」

倘若如此，那就糟了。非常糟。這次的失誤……沒辦法輕易挽救。

「怎、怎麼樣呢，霧夜同學？萬一是這樣，我……」

「…………」

我怎樣？我……就不能再來這裡了，對嗎？哎，應該也是。畢竟雖說目前似乎已經分手了，他仍然有意中人。這樣的話，即使可以到「喜歡電玩的大哥哥」家裡玩，總還是不能老泡在「獨居大學女生」家裡。那是當然的。對戀愛中的少年來說，屬於太過當然的總結。

「（哎……或許差不多到收手的時候了吧。）」

實際上，在博取實況影片的人氣這一點，景太已經貢獻得夠多了。對身為恩人的他造成現實生活中的困擾也非我的本意。萬一女性身分曝光，我就該毅然決然抽身。

「（沒錯……這樣做才對……）」

是的，照理說這樣就能解決一切。趁現在打住，既不會對他的戀愛造成多餘的折騰，這樣的選項更可說是最上策。為什麼我一邊把他當朋友，一邊卻又一直在「蒙騙」他，直到現在呢？

這是個好機會。我橫下心，好好地朝景太看了回去。

「是啊，景太。其實我——」

…………………………………………？

「（奇……奇怪？這、這陣悸動是怎麼回事？我……為什麼會這麼……）」

……怪了。我在理性上應該完全明白現在該說什麼、該做什麼……可是……可是——

——跟他結束這段關係的宣言卻哽在喉嚨，完全說不出來。

「啊……呃……唔……」

「？霧夜同學？」

我呼吸困難似的臉色發青，景太就擔心地看了過來。可是……我無法直視這樣的他，不自覺地轉開視線。我為什麼會……

這時候，遊戲畫面顯示出再戰的申請。我不禁巴著街機控制器，急著想按下答應鍵——手指卻因為心慌而卡在一起，結果……

「「啊。」」

……我竟然把她「踢掉」了。即使說是「踢」，指的也不是在格鬥遊戲裡用腳踹人，而是線上遊戲中「用來把問題玩家趕出比賽的功能」，意指「踢出房間」的那個「踢」。換句話說，對已經有信任賴關係的好友絕對不會這麼做。若是用實際的友誼關係來比喻——

「喂～～磯野～～要不要到空地打棒球——」

「閉嘴，中島。別再讓我看見你那副髒臉，Ｇｅｔ　Ｏｕｔ！」

「磯……野……？」

類似這樣的行為。從中島的立場來看簡直晴天霹靂。呃，被我擅自在範例中描述成狠角色的磯野鰹小弟也應該嚇了一跳就是了。

回到原本的話題。

假如只是按錯把人「踢掉」，立刻說「抱歉，剛才不算」就沒事了。只不過，棘手的是在這款遊戲裡，「踢人」會直接跟「加入黑名單（分配對手時不會再遇見對方）」綁在一起。事態相當嚴重。

「啊啊！混帳！」

我不禁猛搔頭，並先將街機控制器換回普通控制器以便進行選單操作。

不知為何，景太就愧疚似的開口：

「不、不要緊吧？總覺得……我應該道歉，是我亂講話。」

「咦？咦，是、是嗎？沒有啦，這單純是我操作不當，你別在意。」

「這、這樣喔？不過……」

景太擔心似的望著畫面……他會擔心確實有道理，照遊戲設定及幫助說明來看，一旦把對方加進黑名單，似乎要隔一個星期才能解除封鎖……這款遊戲之所以遊玩人數少，問題就是出在這種地方吧。

我表示「傷腦筋了耶」並搔起頭。「呃……」景太怯生生地如此說道：

「總、總之……先向這位……ＳＡＬＴ小姐？傳一則簡訊解釋會不會比較好？照這樣下去，關係真的會變差喔。」

「嗯？噢，雖然我跟她本來就不算『朋友』……也是啦，是該這麼做。」

我想了一會兒以後就放下控制器，改拿智慧型手機操作起來。景太看似不解地問：

「？難道說，你曉得對方的聯絡方式？」

「呃，並不是那樣。因為她有用推特，我打算從那裡傳私訊。畢竟要打長串的文字，用控制器也嫌麻煩。」

「原來如此。啊，可不可以讓我瞄一下那個人的推文？」

「好啊，請便。」

我輕鬆地這麼回話之後，景太就從辦公椅下來坐到我旁邊，臉頰湊得十分靠近。我一瞬間差點心慌，但因為發生過剛才的狀況，就努力保持冷靜操作手機。

於是當我總算開啟ＳＡＬＴ０５１９的發文列表後，景太嘀咕了一句。

「霧夜同學，剛才真的很抱歉。」

「……不會。」

「……呃，請忘記我剛才說的那些。」

「……好。」

我們只說了這些話，連彼此的眼睛都沒看……我想景太恐怕還是沒有對任何事釋懷。

不，何止如此，他應該仍抱持著模糊的疑心。

即使如此……他好像決定暫時放下這件事，而我也接受了這樣的做法。

這大概……是該形容成逃避或者不誠實的行為吧？……或許是這樣沒錯。

然而，要是提出答案，這段快樂的時光肯定就會結束。

關於我的性別是有「答案」的。而且，那對我們來說是殘酷的「答案」，將使我們兩個不能繼續像這樣玩電玩遊戲的無情「答案」。

不過，在景太弄清楚以前，還是能保持曖昧。

……簡直像「薛丁格的貓」。

對他來說，目前的霧夜步有身為男性的霧夜步，與疑似女性的霧夜步重疊在一起，處於扭曲的狀態。可是這樣一來……我們就還可以繼續當「遊戲玩伴」。

歡樂的遊戲時光還能繼續。

「（……明明雙方的心願是這麼孩子氣又純粹的心願……）」

想跟朋友玩遊戲。動機不過如此，為什麼卻會讓我們像這樣，一腳深陷於類似外遇糾紛的困境呢……我不懂。

這時候，探頭看向我的手機畫面的景太發出了「咦？」的一聲。他指著SALT0519的過去推文繼續說：

「她在幾天前發的這則推文……」

「？怎樣怎樣……『平時常去的遊樂場正在做小規模改裝。在後天重新營業之前該到哪裡玩呢？』……這則推文怎麼了嗎？」

「呃，沒有……或許是巧合吧，我跟上原同學偶爾會去的遊樂場最近正好也在做小規模的改裝工程……」

「咦？」

我對景太點出的巧合睜圓了眼睛回話：

「咦，換句話說……這個叫ＳＡＬＴ０５１９的玩家，有可能是本地人……？」

「不至於吧，全國上下總有選在同一時期做小規模改裝的其他間遊樂場才對，所以我不會斷言……可是……」

「可是？」

「萬一這位叫ＳＡＬＴ０５１９的格鬥遊戲女高手是鄰近居民……我倒不是沒有想到吻合的人……呃，可是總不會那麼巧……」

景太從手機畫面抬起頭，一個人喃喃自語地嘀咕起來。坦白講，後半段幾乎聽不見。

打算先傳個訊息向對方道歉的我只好先擬稿。接著……我一時興起，就在訊息的最後補上一段文字。

〈P.S. 我家附近的遊樂場最近碰巧也在進行小規模的改裝工程，說不定我們住得很近呢。假如在現實中有對戰的機會，屆時請手下留情。〉

由於道歉文顯得生硬，我才想補一點能緩和氣氛的內容。

「好，發出去。」

訊息寫完以後，我也沒有心情繼續玩遊戲，就關掉主機電源，開始切換電視頻道。

至於景太，他還是一個人唸唸有詞地在說著什麼。

「ＳＡＬＴ……鹽……………鹽巴？嗯～……果然沒關聯嗎……鹽巴……拼音是ＯＳＩＯ…………假如反過來唸——」

這時候，傍晚播給小朋友看的動畫節目正好開始了。景太頓時打住思考，露出回過神的模樣。

「糟糕，已經這麼晚了。那我要回家嘍。」

景太急忙動手披上大衣，我則是一邊茫然望著動畫的片頭一邊回答他：

「嗯，今天不好意思，好像從頭到尾都在觀摩我跟人對戰。」

「不會，雖然我剛才有脫口抱怨，但看你跟人對戰其實滿開心的喔。之前我就稍微想過，感覺你在玩遊戲時的口條挺不錯耶，霧夜同學。」

「是、是這樣嗎？」

「是的，簡直像在看駕輕就熟的遊戲實況影片。」

「……咳咳！咳咳！」

我不禁嗆到……怎樣啦，雨野景太？你是遲鈍還是敏銳？說真的，選一邊好不好？這樣對心臟有害。

景太迅速準備好以後就碎步趕到玄關。我也喊著「嘿咻」站起身，然後送他出門。

穿好鞋回過頭的景太……帶著有些困擾的笑容向我道別。

「那麼，霧夜同學，呃……再見。」

「嗯…………下次見，景太。」

於是在他開門離去，我再從房內關門上鎖以後……我忍不住發出沉重的嘆息。

「下次見……是嗎？」

……我跟他還繼續保有玩伴的關係。雖然是保住了……不過，這樣究竟好嗎？至少對有意中人的景太來說，目前的狀況——

「嗯？」

——當我思索這些時，手裡拿著的智慧型手機震動起來。

我將畫面解鎖，確認系統的通知，就發現……

「ＳＡＬＴ０５１９有回訊了……來瞧瞧。」

不曉得賠罪的意思是否有傳達過去，我有些緊張地確認內容。訊息裡簡單扼要地寫到了她對「被踢」的事情並不介意。

我安心地捂了胸，並且捲動畫面，然後……我發現底下有大概是效法我才加上的「P.S.」。我沒想太多就確認……

「咦？」

我不由得發出聲音，身體為之緊繃，在走廊上杵著不動。因為上頭寫的內容是——
〈順帶一提，我說的遊樂場是〇〇路的〇〇。〉
完全就是我家附近遊樂場的名稱，而且——
〈假如真的住得很近，請務必找個機會讓我們用機台版切磋。〉
——沒想到對方會邀我在線下一戰。

＊

「所以說，我為什麼非得來陪妳跟對方『幽會』呢？」
得到聯絡後過了幾天……除夕再不久就要到來的某天傍晚。
「還扯什麼幽會，妳喔……」
我對走在旁邊鼓起腮幫子抱怨的碧發出嘆息，然後反問：
「我講的事情，妳有沒有聽進去啊？」
「有啊。接下來，妳約好要跟網路上認識的人碰面，對不對？……真是不三不四。」

千金小姐拿手帕捂著嘴邊，還用輕蔑的視線看過來。我走在通往遊樂場的路上，如此怨嘆：

「拜～託～從大學來這裡的路上，我已經說明過好幾次了吧？我跟對方只是要到遊樂場打格鬥。」

「……妳又用那些『黑話』，要讓不諳世事的我聽不懂……」

「欸，這才不是黑話啦！在遊樂場打格鬥，就是要玩格鬥遊戲的意思！」

「即使是這樣，到最後妳們還是打算在『晚上的肉搏』送作堆吧？」

「怎麼會想歪到那邊去啊！妳這大小姐脾氣也太彆扭，妄想力未免太猛了……」

我露出傻眼至極的模樣，碧也就冷靜了點，並且咳了一聲清嗓。

「假設真的只是玩遊戲好了，妳又為什麼要找我陪同？赴這種約，妳帶雨野景太小弟一起不是正好？」

「哎，因為今天那傢伙難得放學後沒空，說是家庭餐廳會議的召集拒絕不掉……」

「那妳乾脆一個人去不就好了嗎？」

碧指正得有道理，我搔了搔臉頰回答她：

「……跟網路上認識的人約出來見面，我會有點怕嘛……」

「妳說會怕……那又為什麼要跟對方約呢？」

「……呃……那個…………應該說，我也希望在線下跟對方打看看……」
太過孩子氣的理由講出來以後，我停下腳步，害羞得臉頰發紅。
碧的反應是……
「………………真受不了。所謂的電玩咖就是這樣……」
儘管她傻眼似的這麼說，還是輕輕地微笑，牽起了我的手。
「走吧，拖拖拉拉會趕不上約好的時間喔，步同學。」
「咦？啊……噢。呃……謝謝妳喔，碧，每次都要麻煩妳……」
「……反正，這也沒什麼大不了的。」
儘管碧說得輕描淡寫，我從後面卻可以看見她的耳朵隱約染紅了。

我們在約出來線下對戰之際，事前並沒有講得多詳細，即使如此，一踏進格鬥遊戲區，我馬上就發現疑似ＳＡＬＴ０５１９的人物了。
「是那個人吧……不會錯。」
我如此嘀咕，就連事前沒聽我提過任何特徵的碧都點頭回話了。
「是、是啊……在裡面，確實有位散發著獨特氣場的人呢。」
「妳看得出來？」

「嗯。雖然我不清楚對方玩遊戲的技術如何……但是連我也看得出來，這裡有一位的氣質並不是來『玩』的。」

沒錯，正如她所言。

格鬥遊戲區裡頭……在人氣低迷的遊戲區，有個默默扳著搖桿、身穿連帽衣的人獨自坐在那裡。

灰色連衣帽拉得很低，還額外戴了棒球帽，脖子上則掛著螢光色耳機。由格紋裙子與從中露出的美腿看得出似乎是高中女生，不過那反而加深了她散發出的異樣氣息。

實際上，要是有技術高超的女玩家待在格鬥遊戲區，就算引來對戰者或圍觀群眾也不奇怪，但是她旁邊何止沒有任何人，甚至看得出其他學生都有些能避就避的調調。

碧繃緊表情嘀咕：

「……那、那種帶刺的氣息是怎麼回事？認真玩格鬥遊戲的人都是那種氣質嗎？」

「呃、呃……說起來並非完全沒有類似的一面……但她那樣也太……」

我對態度粗魯的玩家看得還算多，但她跟那些人的性質也不同。該怎麼說呢……好比出鞘的刀直接擺在那裡一樣……

碧戳了戳我的上臂。

「……步同學，妳真的要去找她搭話嗎……」

「唔……畢、畢竟我就是為此而來的……………」

儘管我如此回答，卻實在缺乏踏出去向對方搭話的勇氣。稍微猶豫過後，我……

「……？步同學？」

我並沒有直接向她搭話……而是決定繞到她對面的座位。

碧一副不解的樣子，我就邊拉椅子邊說明：

「像這種機台，是可以跟另一邊的人對戰啦。」

「啊，這樣嗎？不過，那更應該先向對方打招呼不是嗎？」

碧提出頗有千金小姐之風的主意。我苦笑說「是這樣沒錯啦」並把硬幣投入機台。

「對上她的話，先用拳頭交談似乎會比較快。」

「那是什麼野蠻的理論？」

「可以的啦。」

說著我便操作按鈕，決定亂入挑戰。於是，她從對面的座位朝這邊瞄了一眼。雙方只有簡單地點頭示意，但她的表情依然因為連衣帽跟帽子，完全看不見……這是什麼高手感啊？恐怖。

不管怎樣，先對戰再說。

「請、請妳加油，步同學。」

碧從背後像面對現實格鬥技比賽一樣開口為我打氣。我一面「噢」地出聲回應，一面迎接比賽。

……在線下對陣的她，真正的實力究竟如何呢——

——從結果來說，理所當然地，我慘敗了。

要談到輸得有多慘，在連戰五場之後，連理應對規則一知半解的千金小姐大學生——

「呃，雖然我不是很懂……總之，步同學……別放在心上。」

——都說了這種話。我就是輸得這麼慘。被人慘電，指的正是這般情形。

接著又打了五場，五場都是我直接落敗。對窮學生來說貴重的五百圓就這樣以驚人速度被機台吞了。

遊戲問我是否還要再戰。我用右手拿著百圓硬幣，煩惱了一會兒……

「……不，是我澈底輸了。今天就此收手！」

我用右手緊握百圓硬幣，稍稍使勁從椅子上起身。

碧有些遺憾似的問：

「這樣好嗎？盡輸給對方，心情會不太爽快吧……」

坦率的感想很符合碧的個性。然而，我聽了……露出爽朗的笑容回應：

「當然啦，要說我不會不甘心就是騙人的了。可是，沒關係。更重要的是……我打得很愉快。」

「？妳的意思是已經使出全力，所以滿足了？」

「嗯？噢，當然也有那樣的意思……」

我思考了一下……不知為何突然就想起了景太，然而，我還是對碧笑了笑。

「單純就是跟厲害的對手用這款遊戲認真對戰，會讓我感到愉快。」

沒錯，正因如此，即使這款遊戲人氣低迷，我還是一直練。

聽了我的回答，碧則是……帶著偶爾會露出的連同性看了也會感到心動的溫柔臉色，微笑說：「是嗎？」

「…………」

這時候，我從對面座位感受到視線。轉頭看去，戴著連衣帽的她朝這裡看了一眼……大概是因為接連對戰了好幾場，很不可思議地，感覺不到像一開始那麼凶悍的氣勢。

我帶著笑容對她致意：

「今天非常感謝妳的指教。呃，我玩得很開心。」

「…………」

「那麼，我們要先告辭了……」

我又一次致意，然後當場離去。於是在直接離開遊樂場以後，碧疑惑似的向我搭話：

「咦，步同學，這樣好嗎？難得有機會，多跟對方聊一會兒也無妨啊……」

一開始明明就反對我跟對方見面，這傢伙真怪。我對依舊好心的碧苦笑，如此回應：

「沒關係啦。我說過吧？對我們來說，用拳頭交談就是一切。」

「就說了妳那套感覺不像跟我一樣是女性的玄妙理論到底是什麼名堂？」

「……啊，不過，硬要說的話，或許她今天是有點不一樣。」

「？哪裡不一樣？」

「嗯……雖然實力依舊很強，總覺得強大的性質有所差異，應該說，感覺她對勝利的欲求變得比較穩固……」

「……對我來說，真的是無法理解的世界。用拳頭當言語，令人費解。」

我投降——碧聳肩表示。我露出苦笑，為了抄近路回家就從大街拐進人少的巷道。

於是，當我跟碧兩個人走了一陣子以後……

「等一下。」

「「？」」

……突然被人從背後叫住，我們倆回過頭。於是在那裡——

「「……咦？」」

——有疑似追著我們過來，先前才跟我打完對戰的戴著連衣兜帽的高中女生。

我們受到了震撼，停下腳步，愣著站在原地。反觀她則是氣勢洶洶地大步接近而來……

臉依舊藏在陰影下，還低聲告訴我們：

「呃……有兩件事，請容我道歉。」

「咦？」

出自她口中的意外話語讓我跟碧呆掉而四目相望。

戴著連衣兜帽的她……疑為ＳＡＬＴ０５１９的這位女性，低著頭又繼續說：

「第一件事……是我似乎誤解了妳這個人。」

「誤解？」

「最近的我容易在這方面鑽牛角尖，我應該也明白這樣不好……」

「咦？呃，請問……妳在說什麼？」

我重新問對方，她一度沉默……然後嘀嘀咕咕地說出口。

「之前『踢人』那件事，還有之後莫名輕浮的道歉文，我都『從旁』看見了，才會以為妳是個不正經的玩家。」

「咦？啊，啊～～……」

這麼說來，事情是從她被我「踢掉」開始的，我這才重新想起。

「（……嗯？從旁看見？）」

儘管我感到掛懷，她卻自顧自地繼續說下去：

「所以……我本來是想趁這個機會，將妳擊敗得心服口服。」

啊，所以一開始才會有那麼帶刺的氣息嗎？這樣就滿能理解了。

我對她這番聽來有些可愛的坦白苦笑，「不，原本就是我理虧……」還想如此打圓場。

然而話說到一半……她就打斷我，又繼續說：

「是的，我本來是想代替她出手——將妳擊垮。」

「「……咦？」」

我跟碧吃驚的聲音重疊在一起……她剛才說到代替她出手？

一瞬間，我不明白對方說的意思。但……

「……咦，難道說，妳……」

隨著我隱約慢慢摸清狀況——

她——「冒充」了SALT0519的這個高中女生回答：「對。」並將手伸向自己的帽子與連衣兜帽。

「沒錯。我並不是SALT0519……SALT0519這個帳號——」

連衣兜帽及帽子被拿起，遮住臉的陰影隨之消失，從底下現出了……藍色的迷人眼睛。

「——是新那學姊在用的，不是我。」

「「…………」」

不像日本人的美麗眼睛與長相，讓我跟碧倒抽一口氣。

在身體僵得活像中了定身術的我們面前，她仍繼續「變身」，最後便來到高潮。

「是的……其實，我是她同社團的學妹——」

說著，當兜帽與帽子完全摘掉以後，從底下冒出來的是——

——在夕陽照耀下散發黃金光彩的金髮。

她那頭華麗的金髮隨風飄逸，帶著天使般羞澀的笑容恭敬地低頭自我介紹：

「——我叫天道花憐。往後，還請兩位關照。」

……不知道為什麼，在那個瞬間，當我因為她的存在感太過強烈而倒抽涼氣的同時——

「…………」

——我異常鮮明地感受到自己的汗水從頸根流到胸口。

〈距離雨野景太的交往對象踏進霧夜步的公寓——還有四個月。〉

後記

大家好，我是在RPG最喜歡讓女角換裝成性感模樣的DLC（下載包），然而主線氣氛一變嚴肅，往往就會把衣服悄悄換回去的葵せきな。總覺得很抱歉，在拯救世界的旅途中還讓她們穿泳裝到雪山冒險……

那麼那麼，這次以《GAMERS電玩咖！DLC》為題，向各位奉上了短篇集。哎，與其說是短篇集，更接近於「外傳」吧。用另一名帥氣大學生當主角的實況影片談……看似如此，內容仍是跟平常一樣的「烏龍戀愛喜劇」，或者該稱作「名為雨野景太的災難」故事集，副標題取名「新的受害者」也是可以。

在正篇的「青春」背後上演的「外遇困境戲碼（全員無辜）」，若能讓您讀得比正篇更眉開眼笑便是我的榮幸。雖然添了一些聳動的炒作詞，不過劇情依舊在耍蠢。

來發表謝詞。首先，負責插畫的仙人掌老師，這次要感謝您為正篇沒出現實在可惜的大學生搭檔繪製插畫。外傳也受您照顧了。

還有，在這次工作委託郵件中曾附上「最近分給後記的頁數太少真是抱歉」這種謎樣謝罪詞的責任編輯，歡迎來到價值觀錯亂的世界。不要緊，其實我對這陣子的頁數之少也感到心驚肉跳。玩哏的成分……正逐漸淡薄……！

最後是各位讀者，這次還讓大家奉陪到外傳（短篇集），誠摯感謝。起初《DRAGON MAGAZINE》決定要連載《GAMERS電玩咖！》外傳（短篇）時，我還在想那篇「落單族復健物語」有什麼外傳好寫……但是像這樣一看，實在意外又意外，扯來扯去，我認為劇情應該是發展得相當「不失本色」的。

而且在此還有個好消息要告訴各位。這一集最後的後續情節，可以在同日出刊（二〇一七年九月）的《DRAGON MAGAZINE》讀到！耶～～這樣務必要買來看呢！（臨時起意推銷）。

不過，不只這個月，霧夜等人的故事在《DRAGON MAGAZINE》連載，若您覺得合意，還請找來看看喔。

那麼，下次讓我們在冬天發售的正篇第九集再會吧！

葵せきな

©Sekina Aoi, Sabotenn 2017 / KADOKAWA CORPORATION

GAMERS電玩咖！ 1~8 待續

Kadokawa Fantastic Novels

作者：葵せきな　插畫：仙人掌

教育旅行後，兩組情侶邁向新的關係。
戀愛的少女們趁這個機會展開行動。

希望故事在這時候能搖身一變，轉型成清新戀愛喜劇，然而——「我、我已經不是『女友』，而是『前女友』了喔！」廢柴女主角分手以後還是放不下。趁這個機會，戀愛的少女們展開行動。於是，到了聖誕夜，「人為的奇蹟」翩然降臨於某段戀情。

各 **NT$180~240/HK$55~75**

©HAJIME KAMOSHIDA 2018 / KADOKAWA CORPORATION

青春豬頭少年不會夢到紅書包女孩

Kadokawa Fantastic Novels

作者：鴨志田 一　插畫：溝口ケージ

酷似童星麻衣的小學生出現在咲太面前？
另一方面，咲太母親表達想見花楓一面……

咲太在七里濱海岸等待麻衣時，酷似童星時代的麻衣的小學生出現在他面前？此外，花楓事件之後就分開住的咲太父親傳達長年住院的母親「想見花楓」的心願。家人的羈絆，新思春期症候群的徵兆──劇情急轉直下的青春豬頭少年系列第九彈！

各 **NT$200~260/HK$65~78**

©Keishi Ayasato / Sadanatsu Anda / Hiroshi Ishikawa / Kyoichi Ito / Takuya Okamoto / Soushi Kusanagi / Yu Kudo / Kuyo / Shio Sasahara / Shunsuke Sarai / Chie Sanda / Sennendou Taguchi / Hazuki Takeoka / Makito Hanekawa / Eiji Mikage / Mizuki Mizushiro / Toshihiko Tsukiji / Bingo Morihashi / Kenji Inoue / Mizuki Nomura 2017 / KADOKAWA CORPORATION

短篇小說創作集妳我之間的15公分

Kadokawa Fantastic Novels

作者：井上堅二 等20 人合著　插畫：竹岡美穂 等7 人合著

以15公分串聯起你我之間的無限可能……
由總數20名作家聯合執筆的短篇小說傑作集！

　　也許會發生於明天的，屬於你的「if」的故事。由《笨蛋，測驗，召喚獸》、《文學少女》等總數二十名作家聯合執筆，主題涵蓋「15公分」與「男女」這兩個題目。有懸疑、愛情、奇幻、運動或其他天馬行空的類型，20篇短篇小說傑作集！

NT$280/HK$93

©Shimesaba, booota 2018 / KADOKAWA CORPORATION

刮掉鬍子的我與撿到的女高中生 1~2 待續

Kadokawa Fantastic Novels

作者：しめさば　插畫：ぶーた

眾所矚目＆大受迴響的年齡差戀愛喜劇！
上班族和蹺家JK，兩人的距離逐漸縮短……

喝完悶酒回家途中，上班族吉田撿到了一個蹺家JK——沙優，順勢展開了一段距離感微妙的同居生活。當他開始逐漸習慣時，沙優提出了一個請求。此時，原先的單戀對象後藤小姐，不知為何約他單獨共進晚餐——上班族與女高中生的日常戀愛喜劇第二集。

各 **NT$220/HK$73**

©Ginpachi Kagami 2017　Illustration:Hisama Kumako / KADOKAWA CORPORATION

我們不懂察言觀色 1~2（完）

Kadokawa Fantastic Novels

作者：銀 鏡鉢　插畫：ひさまくまこ

讓不懂察言觀色的我們籌劃婚禮？
自由自在的邊緣人們上演的學園破壞系愛情喜劇！

小日向刀彥無視在場氣氛的言行已稱得上是一種災害了。看不下去的學生會長下令，要他與同樣不懂得察言觀色的遺憾系美少女們組成志工社，學習人情世故。隨著解決委託而羈絆更加堅定的志工社，這次要在校慶上替班導師舉行婚禮!?

各 NT$200/HK$65

©Tsubame Kashimoto 2018 / KADOKAWA CORPORATION

我的快轉戀愛喜劇 1~2 待續

Kadokawa Fantastic Novels

作者：樫本燕　插畫：ぴょん吉

**「一個人根本毫無意義。
我一定要跟妳在同一個地方，度過相同的時間才行。」**

和希美盡釋前嫌後，我——蘆屋優太開始和她交往了。原想一點一點創造兩人之間的回憶，卻又毫無預警地發動了快轉能力。回過神來，我居然揹上偷竊風紀股長柊木美月制服的黑鍋……？為了釐清現狀，也為了我和希美的將來，我展開了行動——

各 **NT$220/HK$68~73**

©AI IWASAWA 2017

閃偶大叔與幼女前輩 1~2 待續

Kadokawa Fantastic Novels

作者：岩沢藍　插畫：Mika Pikazo

以充滿夢想的遊樂園為舞台，
令人心焦又熱血的故事再次展開！

熱愛《閃亮偶像》的高中生黑崎翔吾以及小學生新島千鶴兩人的面前出現了技術高超的閃亮偶像玩家？「人家是爆可愛☆JS偶像美咲丘芹菜！」《閃亮偶像》與全國遊樂設施連動的初次大型活動開跑了！翔吾試圖利用這個活動讓千鶴結交朋友，然而⋯⋯

各 NT$220~250/HK$68~75

©RAKUDA 2018 / KADOKAWA CORPORATION

喜歡本大爺的竟然就妳一個？ 1~8 待續

Kadokawa Fantastic Novels

作者：駱駝　插畫：ブリキ

「勝利的女神」以活潑公主的樣子出現？
棒球少年與自由奔放少女一起度過了夏天……

「勝利的女神」這種東西，會突然從體育館後面的樹上掉下來耶，還會不客氣地一腳踩進我的內心世界。投手和球隊經理漸漸縮短了彼此之間的距離……應該是這樣，可是有一天，公主突然對我說「再見」，然後就消失了。就先聽我說說這個故事吧。

各 **NT$200~250/HK$60~83**

©Misaki Saginomiya 2018 / KADOKAWA CORPORATION

三角的距離無限趨近零 1 待續

Kadokawa Fantastic Novels

作者：岬鷺宮　插畫：Hiten

我愛上的那個女孩體內住著兩個靈魂——
與雙重人格少女譜出的三角戀愛故事。

存在於一具身體裡的兩個靈魂——無論何時都貫徹自我的文靜轉學生「秋玻」；生性溫柔卻有些脫線的少女「春珂」。我協助春珂在校園生活中順利扮演秋玻，並請她幫我追秋玻作為交換條件。然而，在知曉她們祕密的過程中，我也逐漸跟著扭曲——

NT$220/HK$73

©Takeshi Matsuyama 2018 / KADOKAWA CORPORATION

在流星雨中逝去的妳 1 待續

Kadokawa Fantastic Novels

作者：松山剛　插畫：珈琲貴族

以「太空」與「夢想」為主題，
感人巨作揭開序幕！

「就像過去會影響現在，未來也會影響現在。」二〇二二年十二月十一日──我絕對忘不了的這一天，軌道上的所有人造衛星墜落，人稱「全世界最美麗的恐怖行動」，有唯一的犧牲者……！為了拯救繭居少女天野河星乃，高中生平野大地挺身對抗命運。

NT$250/HK$83

國家圖書館出版品預行編目資料

GAMERS電玩咖!DLC / 葵せきな作；鄭人彥譯 -- 初版 -- 臺北市：臺灣角川，2020.03-
冊；　公分. -- (Kadokawa fantastic novels)
譯自：ゲーマーズ！DLC
ISBN 978-957-743-620-7(第1冊：平裝)

861.57　　109000707

Kadokawa
Fantastic
Novels

GAMERS電玩咖！ DLC 1

（原著名：ゲーマーズ！ DLC）

2020年3月18日　初版第1刷發行

作　者：葵せきな
插　畫：仙人掌
譯　者：鄭人彥

發行人：岩崎剛人
總經理：楊淑媄
資深總監：許嘉鴻
總編輯：蔡佩芬
編　輯：孫千棻
美術設計：李思穎
印　務：李明修（主任）、張加恩（主任）、張凱棋

發行所：台灣角川股份有限公司
地　址：105台北市光復北路11巷44號5樓
電　話：（02）2747-2433
傳　真：（02）2747-2558
網　址：http://www.kadokawa.com.tw
劃撥帳戶：台灣角川股份有限公司
劃撥帳號：19487412
法律顧問：有澤法律事務所
製　版：尚騰印刷事業有限公司
ISBN：978-957-743-620-7

※版權所有，未經許可，不許轉載。
※本書如有破損、裝訂錯誤，請持購買憑證回原購買處或連同憑證寄回出版社更換。

GAMERS! DLC
©Sekina Aoi, Sabotenn 2017
First published in Japan in 2017 by KADOKAWA CORPORATION, Tokyo.
Complex Chinese translation rights arranged with KADOKAWA CORPORATION, Tokyo.